砂漠の王子に囚われて

矢城米花

CHARADE
BUNKO

二見シャレード文庫

砂漠の王子に囚われて

イラスト——竹中せい

1

「ねー、何あれ？　何やってんの？　変なの」

「写メ撮っとく？」

食堂へ急いでいた雨之宮瑞紀《あめのみやみずき》は、笑い声を耳に留めて振り向いた。女子学生が二人、校舎の陰を指さして無遠慮に笑っている。

銀縁眼鏡《めがね》を押し上げて目を凝らすと、セーターにジーンズ姿の青年が膝《ひざ》をつき、頭を地にこすりつけているのがわかった。こちらに背を向けているため顔は見えない。

彼の動作がなんなのか、瑞紀は知っていた。

イスラム教の拝礼だ。

理系の学部には東南アジアや西アジアから来た留学生が珍しくない。瑞紀が研究員として籍を置く医学部公衆衛生学講座にもインド出身のヒンズー教徒がいる。そのため『拝礼の時に邪魔をしたり笑ったりしないこと。宗教的に禁じられた食物を無理に勧めないこと』など、他国の宗教や生活習慣を尊重するよう大学側から注意が行き渡っていた。

しかしここは文学部のキャンパスだ。アメリカ、ヨーロッパからならともかく、西アジアや中近東からの留学生は珍しく、適正な対応が行き届かないのかもしれない。

(よくないな。あの子たちの声はきっと本人にも聞こえてる)

去年大学院を修了して研究員になったばかりの瑞紀は、講座内では一番の下っ端だ。それでも職員には違いない。大学に籍を置くスタッフとして、学生の不用意な言動を止めるのが役目だと感じた。

携帯電話をかざして写真を撮る女子学生に近づき、瑞紀は話しかけた。

「やめなさい。拝礼はイスラム教徒には神聖な行為なんだ。見せ物扱いにして、笑って写真を撮るようなものじゃない」

「……何、こいつ?　風紀委員?」

「やーな感じ」

携帯電話こそ下ろしたものの、瑞紀に向かってまともに応対するのではなく、自分たち同士で話す形で文句を言う。瑞紀は強い口調で言った。

「君たちだって、もし家族のお葬式の時に海外の観光客が笑いながら写真を撮ったら、腹が立つだろう?　留学生の生活習慣が日本と違うのは当たり前じゃないか」

「……あー、うっさいなぁ」

「ちょっと写メ撮っただけじゃん。説教好きなのって、オヤジくさい」

女子学生たちは携帯電話をしまい込み、瑞紀に背を向けた。それでもきまり悪そうな表情をしていたから、自分たちの非に気づいたのかもしれない。

（よかった。素直な子たちで）

立ち去る二人を見送り、瑞紀が安堵《あんど》の息をついた時だった。

「礼を言う」

不意に後ろから話しかけられた。聞いた者の耳に快い余韻を残す、深い響きを持ったバリトンだ。瑞紀は慌てて振り返った。

さっき校舎の陰で祈っていた青年が、目の前に立っている。

「……」

返事の言葉が出てこない。瑞紀はただ見とれた。

それほど青年は美しかった。

表面だけを飾り立てた美しさではない。ざっくりしたセーターにジーンズというシンプルな服装なのに、人の視線を引き寄せずにはおかない存在感があるのは、男性的な美貌《びぼう》を内側からにじみ出す力強さが裏打ちしているせいだろう。安っぽいテレビ番組やファッショングラビアでは、まずお目にかかれない種類の美青年だった。

背が高く肩幅が広く、堂々とした体格だ。褐色の肌や黒髪からすると、インドか中近東の出身かもしれない。頰《ほお》から顎《あご》へかけてのラインは荒削りだが、鼻筋はまっすぐ通り口元は引き締まっている。野性的な荒々しさと、それとは溶け合わないはずの気品が見事に混在し引き立て合い、彼の顔に得も言われぬ魅力を与えていた。

何よりも人を惹《ひ》きつけるのは、その眼《め》だ。夜の海を思わせて黒く、深い。『眼力《めぢから》』という言葉を実感せずにはいられない。

不意に青年の手が伸びてきて、固まっている瑞紀の顎をつかんだ。もう片方の手が眼鏡を奪い取った。

「な、何をするんだ⁉」

ようやく我に返って、瑞紀は青年の手を振り払った。だが青年は納得がいったような様子で、一人頷《うなず》いている。

「やはりそうか、あの時の……驚いたな。さっきのような毅然《きぜん》とした表情を持っているとは思わなかった。先々週だったか、食堂の前で転んで眼鏡を割った時には、困り顔でうろたえるばかりだったのに」

きわめて流暢《りゅうちょう》な日本語に驚くよりも、みっともない過去を暴き立てられたことに狼狽《ろうばい》し、瑞紀の顔は火を噴きそうなほど熱くなった。

覚えがある。

二週間前、文学部にある学生食堂の出入り口で、大柄な男子学生にぶつかられたのだ。学生は急いでいたらしく、「すまん」の一言で走り去ってしまったが、身長一七〇センチそこそこの瑞紀は吹っ飛ばされてまともに転んだ。倒れた拍子に眼鏡が飛んでコンクリート張りの床に落ちた。痛む腰をさすりさすり手探りで捜し当てた眼鏡は、フレームが歪《ゆが》み、右のレンズが外れてなくなっていた。

見通しのいい場所だったし、ちょうど昼食時で学生が多かった。正面切って笑う者はいな

かったが、同情の眼差《まなざ》しは眼鏡なしでもはっきりわかり、居たたまれずに逃げ帰った。

（あれを見られたのか。うわ……格好悪い）

医学部研究棟の近くにはコンビニがあるが、小さくて品揃《しなぞろ》えがよくない。道路を挟んで隣接した文学部は、購買部も食堂も広いうえ品数が多いため、瑞紀はよくこちらへ足を延ばす。今日もそうだったのだが、青年があの一件を見ていたとは思わなかった。恥ずかしい話だ。

しかし新品の眼鏡を取られるのは困る。

「返してくれ！　僕は目が悪いんだ」

抗議して手を伸ばしたが、軽くかわされた。

「面白いな。そうやって怒った顔は、あの時とは対照的だ。生き生きして魅力がある。名はなんという？」

瑞紀は目を瞬《しばた》いた。

男が男に向かって『魅力がある』は微妙に違う気がする。青年の日本語はとても上手だが、細かい部分の使い方は把握していないのだろうか。そういえば物言いが妙に偉そうだ。

「名は？　早く言え。ここの学生だろう？」

急《せ》かす言葉を聞いて思い至った。

（そうか。外国人の年ってわかりにくいし、特に日本人は若く見られやすいから、僕は年下と思われているのかもしれない）

一昨年《おととし》、アメリカに留学していた当時、年齢を言うとひどく驚かれた。童顔で髭《ひげ》が薄く、しかもまばらにしか生えないたちで、背も決して高くはない。五、六歳は若く見られるのが普通だった。目の前の青年が何歳かは知らないが、自国の大学を卒業してから他国へ留学するケースは多い。もしそうなら二十代なかばになっているはずで、きっと瑞紀を年下だと思っているのだろう。

(それに日本語は謙譲語や尊敬語がややこしいし……本人は丁寧に喋《しゃべ》っているつもりなのに、尊大な口調になってるのかもな。うん。悪い方にばかり解釈しちゃいけない)

できるだけ大人の余裕を含んだ微笑を心がけ、瑞紀は自己紹介した。

「雨之宮瑞紀。僕は学生じゃなくて、医学部、公衆衛生学講座の研究員です。その眼鏡を返してください」

「研究員……つまり、大学院を修了して働いているのか？　いったい何歳なんだ」

「二十七歳です」

「二十七⁉　私より八歳も上だと⁉　てっきりティーンエイジャーだとばかり……」

大きく目をみはった青年の口から出た言葉は、予想をはるかに超えている。しかも、彼の年齢は自分が予想していたよりずっと若かった。

(未成年に、年下と思われてたのか……)

がっくりした気分はそのまま瑞紀の顔に出てしまったらしい。青年は苦笑して言葉を継いだ。

「失礼した。しかし素晴らしい名だ。アメもミズも、私の国ではよきものの象徴とされる。

その両方の音を名に持っているのだから、瑞紀は幸運だな」

発音の正確さに瑞紀は少し驚いた。

自分の名前は英米人には発音しにくいらしく、アメリカに九ヶ月留学した時は大抵『ミジユキ』または『ミズーキ』に近い発音で呼ばれた。彼は日本に来て長いのだろうか。

「私はハーフィズ・ビン・サディーク・ビン・アフマド・アル・ワジュディーンだ」

「え、えっと……」

「ファーストネームだけでいい。ハーフィズと呼べ」

そう言って青年は、再び瑞紀の顎をつかまえた。

「え、え?」

「返す」

さっき奪い取られた眼鏡を顔に戻された。

こんな返し方でなくても、普通に渡してくれれば自分でかけたのだ。他人にかけられた眼鏡というのはなんとも落ち着きが悪い。

それ以上に落ち着かない気分になるのは、顎をつかんだままの手と近すぎる距離だ。会ったばかりの人間とこんなに接近して話すのが、彼の国では普通なのだろうか。

青年が目を細め、指先で瑞紀の頬を撫でる。

「ふむ……」

瑞紀の背筋がざわつき、鼓動が急に速くなった。

青年の黒い瞳《ひとみ》を見つめているとなぜか体がすくんで、不安を煽《あお》られる。猫の前足に押さえ込まれた鼠《ねずみ》は、きっとこんな気分に違いない。

「あの……放してもらえませんか」

言いながら青年の腕に手をかけ、顎から外させようとした時だ。

聞き慣れない国の言葉が聞こえた。文学部の校舎の方からスーツ姿の中年男がこちらへ走ってくる。日本人ではない。青年よりもさらに濃い褐色の肌をしていた。

気を取られたのか、青年の手がゆるんだ。

今だと思った。

「し、失礼！」

それだけ言うのが精一杯だった。眼鏡も返してもらったし、これ以上話すことはない。丁寧に別れの挨拶《あいさつ》などしていたら、また彼のペースに乗せられてしまう。

顎をとらえていた手を振り払い、瑞紀は逃げ出した。後ろで何か言う声が聞こえたが、追ってくる気配はなかった。

(なんなんだ？　あの留学生の国では、ああいう距離感が当たり前なのか？)

心臓がばくばくしているのは走ったせいだけではない。顎をつかまえた指の感触や、力強い瞳の色、背筋が震えるような笑みが、記憶に焼きついてしまって消えない。

(……まあ、いいや)

食堂の前まで来て瑞紀は足をゆるめた。今までは会ったことがなかった。つまり自分とは生活圏が重なっていないわけだ。文学部の売店や食堂へ来る時だけ、気をつければいい。

（女子学生に注意したことにお礼を言ってくれたし、いやな感じじゃなかったけど、でも強引すぎて疲れた。あれで僕よりずっと年下か。……いいや、気にしないでおこう。もう会うことはないだろうし）

もう会わない、通りすがりに話しただけの相手だと、瑞紀は本気で思っていた。

――この夜、自分がどんな目に遭うかなど予想もしなかった。


「……逃げられたか」

呼び止める声に構わず走り去る瑞紀の背中を、ハーフィズは苦笑して眺めた。

走ってきた中年男の方を振り向き、肩をすくめる。

「いいところで邪魔をしてくれたな、カシム」

話しかけた言葉はアラビア語だ。

カシムと呼ばれた中年男はハーフィズに向かい、一礼したあとで苦情を述べた。

「それは申し訳ないことをしました。しかし殿下。お一人での行動はお控えくださるよう、何度もお願いしていたはずです。殿下のたっての希望でＳＰの同行をやめたのですから、せめて私だけはおそばに……」

「お前のようなむさくるしい中年男を従えていては、何もできない。私は自由を楽しみたくて留学期間を引き延ばしているんだぞ」

今十九歳だが、大学は飛び級制度を使って二年前に卒業した。しかしその後も各国の視察にかこつけて、ヨーロッパやアメリカをめぐっている。

日本へ来たのは先月のことだ。

自国の石油資源は豊富だが、決して無尽蔵ではない。枯渇したあとのことを考えると、なんの資源も持っていないのに第二次世界大戦の敗戦から復興し経済大国として急成長した日本には、強く興味をそそられた。だから文学部歴史学科の特別留学生になったのだが、近代現代史を学ぶ一方で、それなりに遊びを楽しんでもいた。

「さっきも楽しい出会いがあった。お前が私に貼《は》りついて見張っていたら女子学生に嗤《わら》われはしなかっただろうから、瑞紀がかばってくれることもなかったはずだ」

「殿下を嗤った？　どこの不埒者《ふらちもの》です、それは」

「放っておけ。構うほどの価値はない。それより瑞紀と出会えたことの方が大きい。……磨けば光り輝くのに、つつましくその美しさを隠している原石を見つけた気分だ。ぜひ手に入れなければ」

「大変恐縮ですが、殿下」

カシムは溜息《ためいき》をつき、きわめて真面目《まじめ》な表情で主《あるじ》に告げた。

「そろそろお遊びは切り上げていただきたく存じます。母国から連絡がありました。国王陛下がまた発作を起こされたと……」

「父上が⁉」

「侍医がおりましたので命に関《かか》わることはありませんでしたが、このところ、しばしば軽い発作を起こしておいでのようです」

「……そんな報告は受けていない」

「陛下が止めていらっしゃったそうです。わざわざ殿下に知らせるには及ばないと……今回は、度重なる発作を見かねた侍医が独断で私に知らせて参りました。ストレスを軽減することが、陛下にとって何よりの治療になると申しております」

ハーフィズは考え込んだ。

父には心臓の持病がある。煩雑な政務が心身の負担になっているのは間違いない。

好きなだけ留学し各国で知識を吸収してこいという言葉に甘え、今日まで遊び回ってきた。帰国すれば、父の代理として重責を背負うことになるのがわかっていたからだ。あと二、三年でいいから自由に羽を伸ばしたかった。

だが父が自分に発作を知らせるなと命じたことを聞いてしまっては、もう遊んではいられない。親心に甘えすぎた。カシムの言うとおり、切り上げ時だ。

「わかった。帰国しよう」

「おお。お心が決まりましたか」

「いつまでも父上に甘えているわけにもいかないからな。私の顔を見れば父上も少しは安心してくださるだろう。早速今夜……」

言いかけて、ハーフィズは思いとどまった。さっき別れた日本人青年の顔が、脳裏をかすめたせいだった。

（……惜しいな）

絶世の美貌というわけではなかった。顔形だけを見るなら、今まで自分に取り入ろうと寄ってきた各国の美男美女の方が、はるかに整い、洗練されていた。

だがあの青年が示した飾り気のない表情は、彼らが決して持ち得なかったものだ。

二週間前、眼鏡を壊されて怒りもせずに引き下がる姿を見た時は、なんと気の弱いつまらない男だろうと軽蔑《けいべつ》したが、今回は違った。彼は見知らぬアラブ人のために、他人に向かって毅然とした態度で注意をした。

その他、驚いてぽかんとした顔、ティーンエイジャーと言った時の失望の表情、慌てふためく仕草——面白い。一目で量れるほど浅い人柄ではないようだ。

（容姿も悪くはない。地味だが整っている。……磨きが足りないだけだ）

栗色がかった髪はさらさらとやわらかく、触れた指に心地《ここち》よさを残した。東洋人にしては色白な方だが、白人の無機質な感じのする肌とは違って温かみを感じさせる色合いだ。指をすべらせた頬は最高級のシルクよりもなめらかだった。あまり髭の生えないたちなのかもしれない。

実のところ、日本人は大人になっても赤ん坊のように肌が綺麗《きれい》だという話を聞き、来日前はかなり期待していたのだ。しかし今まで日本人と遊んだ経験では、噂《うわさ》に聞いたほどではなかったというのが正直な感想だった。肌質というものは個人差が大きいようだ。瑞紀というあの青年はどうだろう。衣服に隠れた部分の肌も、やはりなめらかで触り心地がいいのだろうか。

顎をつかまえて眼鏡を取り上げれば、経験豊かな者ならこちらの意図を感じ取って、警戒するなり、誘いに応じる風情を見せるなりするのだが、瑞紀はただうろたえただけだった。男に口説《くど》かれた経験がないのに違いない。

(とにかく色事に疎そうだ。その分、表情に取り繕いがない)

手取り足取り交歓の楽しみを教え込んでやったら、どんな表情を見せ、どんな声で啼《な》いて楽しませてくれるだろうか。このままにして日本を去るのは惜しい。実に惜しい。せめて一夜の戯れぐらいは味わいたいものだ。

ハーフィズはカシムを見やり、命じた。

「出発は明日だ。今夜のうちに片づけておきたいことがある。……雨之宮瑞紀という青年のことを知りたい。ここの医学部、公衆衛生学講座の研究員だ。家を突き止めて、手配しろ」

「穏便にでしょうか? それとも……」

「瑞紀次第だ。従わないというならやむを得ない」

「相手は外国の一般人だということをお忘れではございませんか? 金で動く相手ならまだしも、素人《しろうと》なのですよ」

「今まで問題が起きたことがあったか?」

平然と答える主人を見て、カシムはまたもや溜息をついた。しかし反対はしなかった。知らない場所で自分に関する命令が下されているとは、知るよしもない。

その晩、瑞紀は姉夫婦の家で夕食をご馳走《ちそう》になっていた。一人暮らしの弟に家庭料理を食べさせてやろうという姉の心遣いで、しばしば呼ばれる。おおらかな性格の義兄は、食卓がにぎやかになるのを歓迎してくれているようだった。

世間話のついでで、瑞紀は今日の出来事を喋った。

「……それで、いきなり人の眼鏡を取るんだ。驚いたよ。アラブの人じゃないかと思うんだけど、ああいうふうに強引で距離感が近いのが普通なのかなぁ」

「瑞紀が学生にお祈りを笑うなって注意したから、仲間って思われたんじゃないの？」

「それにしたって初対面なのに。アメリカに留学してた間も、初めからあんなに接近してくる人はいなかった。親しくなれば、もちろん肩を組んだりハグしたりはあるけど……」

思い返して瑞紀が首を傾《かし》げていると、義兄が口を挟んだ。

「瑞紀君の大学でイスラムねえ。……確か、中東の王子が留学していなかったっけ？」

「え？」

「ナファドっていう小さい王国だ。ほとんど名を知られてないけど、石油のおかげで内情は裕福らしいよ。日本にも原油を輸出してる。そこの王子が今、留学中だって話だ」

「聞いたことないな……」

瑞紀の大学に海外留学生は珍しくない。しかし一国の王子ともなれば、それなりの噂になるはずだ。

「あんた一人が知らないだけじゃない？　昔から興味のないことは右耳から左耳へ抜けちゃって、少しも覚えてないんだもの。それでなくてもぼんやりなのに」

「……どうもすいませんね」

「まあまあ、瑞紀君はその、ほんわかと癒《いや》し系なところがいいんじゃないか？　愛美《めぐみ》さんみたいに聞いた話が両耳から入って口へ抜けたら、うるさいのなんの……いてっ」

義兄が笑いながらつけ足し、姉に頭をはたかれた。漫才コンビのような夫婦だ。

「あいてて……とにかく王子の留学は非公式だから、瑞紀君が知らなくても不思議はないと思うよ」

「外部のあなたが知ってるのに？」

「オレは営業部の同期と飲んだ時に教えてもらったんだ。一ヶ月ぐらい前だったかな。……産油国の王子だからね。石油関連会社は目を光らせてるさ。うちの会社も含めて何社かがコンタクトを取ろうとしたらしいよ。成功したって話は聞かないけど」

瑞紀はあの青年の様子を思い出した。

光の強い瞳を持つ顔は、肉食獣めいた荒々しさを感じさせる一歩手前で踏みとどまり、精悍《せいかん》な印象に抑えられていた。それは彼が持つ気品のせいだ。言葉遣いや態度は人に命令するのに慣れている様子だったし、王族であってもおかしくはない。

(だけど王子って身分の人が、護衛も連れずに大学構内を出歩くものかな? それに日本語が流暢すぎる)

自分は去年アメリカにいた。当時の教授が突然病気で退職し新しい教授と交代したため、二年留学する予定が九ヶ月で呼び戻されてしまったのだが、とにかく留学中は英語ばかりを喋って過ごした。それでもブロークンな英会話しか話せない。

「たった一ヶ月前に日本へ来たばかりだとは思えないよ。日本語がすごく上手だった。護衛もいなかったし、その王子様じゃないだろう」

「残念ね。王子様だったら、親しくなっておけば高級車の一台ぐらいポンとプレゼントしてくれたかもよ?」

「分不相応なものはもらいたくない」

「欲のない子。せっかく医師免許を取ったのに、給料の安い地味な研究なんかやってるし」

瑞紀は黙って苦笑した。臨床医にならず研究者の道を選んだのは、患者の苦痛を見ると心が乱れて冷静に判断できなくなるせいだ。臨床実習で注射をした時も、相手の顔が歪むのを見た途端、手がこわばってそれ以上刺せなくなった。現場の医師には向いていない。

公衆衛生学は、社会的な対策によって健康水準を上げようという学問だ。生活習慣や環境衛生などの要因と病気の因果関係を調べ、対策を考えるのだから、統計学に近い。医学分野の中でも血を見るのは最小限ですむ。

「欲はなくてもいいけど、あんたももう二十七でしょ。少しはしっかりしてよ？　ぶつかられて眼鏡を割られたのに相手に逃げられたり、知らない人に眼鏡を取り上げられたりって、まるで小学生じゃないの」

「……」

言い返せない。

「抜けてるだけなら意外と天然系でもてるかもしれないのに、妙なとこで頑固なんだもの。いい年をして彼女の一人もいないんじゃ、心配でしょうがないわ。私によく似た顔なんだから素材は悪くないのに。ボーッとして反応が遅いんだから」

「そこまで言うかなあ……」

「いやなら、そのぼんやりしたところを直しなさいよ。それか、しっかり者の彼女を作って早く結婚して、父さんや母さんを安心させたげなさい」

どうして結婚まで話が飛ぶんだ、とは思うものの、姉がきつい物言いの裏で自分を心配してくれているのはわかる。

（だけど彼女を作れと言われたって、はいそうですかとはいかないもんなぁ……）

女性の友達や同僚はいるが、友愛や仲間意識以上の感情はない。考えてみればここ数年は、恋愛の前段階にあたる『ときめき』さえも感じたことはなかった。

（……ドキッとはしたけど。今日の昼間）

あの留学生の青年に顎をつかまれ至近距離で見つめられた時には、息が止まりそうになり、心臓がばくばくいった。ただしあれは青年の美貌に驚いたせいだ。

（そもそも、相手が男だし……）

自分の生活が感情面でいかに貧しいかを思い知らされ、瑞紀は侘《わ》びしい気分で、炊き込みご飯を口に運んだ。


姉の家を出たのは午後十時すぎだった。昼間でも車の多い道ではないが、夜になると交通量はがくんと減る。

「……？」

ミニバイクを走らせていると、後ろからまぶしいほどのヘッドライトが迫ってきた。普通の車ではなさそうだ。覗《のぞ》いたミラーには、車体の長さが数メートルありそうなリムジンが映っていた。バラエティ番組か何かの撮影だろうか。

追い抜きやすいよう瑞紀はミニバイクをできるだけ歩道側へ寄せた。それでもこの大型リムジンが自分のバイクを追い越すには、センターラインからはみ出すだろう。対向車がないのが幸いだ。早く追い抜いていってほしい――と思っていると、自分の横へ来たところでリムジンのスピードがゆるんだ。

後部に並んだ窓の一つが開く。

「瑞紀！」

「!!」

親しげに呼びかけてきたのは、今日の昼間に出会った留学生の青年だ。なぜリムジンなのか。そしてなぜアラブ風の布を頭にかぶっているのか。

(まさか義兄《にい》さんが言ってた、アラブの王子……!?)

驚きで瑞紀の心臓が跳ね上がった。思わず手に力が入り、急ブレーキがかかる。

「うわぁあああ!?」

変にハンドルを切らなかったのが幸いしたか、宙に浮いた後輪が、だん、と音をたてて着地した。両足を地面について瑞紀は大きく息を吐いた。転倒しなかったのは奇跡だ。

横を通りすぎていったリムジンがスピードを落とし、停車するのが見えた。

運転席から出た背広姿の中年男が、恭しく後部のドアを開ける。

降りてきたのはあの青年だ。しかし昼間のカジュアルな服装とは違いアラブ風の長衣とローブ、そして頭を覆う布を身に着けていた。金糸銀糸で刺繍《ししゅう》を施した真っ白な長衣が褐色の肌と黒髪によく映えて、昼間以上の威厳と気品が感じられる。

(……僕に用事なんだよな?)

とまどいながらも瑞紀はヘルメットを取り、ミニバイクを停《と》めて周囲を見回した。

道の向かい側には明かりの消えたビルが並び、こちら側は小公園だ。人通りのない場所で助かったと思った。高級リムジンとアラブ服の美青年は目立ちすぎる。

青年は自分のすぐそばまで歩いてきた。中年男はリムジンのそばで待っている。

「捜したぞ、瑞紀。どこへ行っていた」

「どこって……姉の家へ……」

会う約束をしていた覚えはないのに、当たり前のように咎《とが》められても困る。当惑する瑞紀に青年は微笑した。

「まあいい。許す。夜の木立もなかなか風情がある。こちらで少し話そう。来い」

指さした先は夜の小公園だ。

言葉の端々に、自分の希望が通って当然の世界で生きてきたことが透けて見える。気圧《けお》されながらも、瑞紀は懸命に最大の疑問を口に出した。

「え、えっと、その…君は……もしかしてほんとに、中近東の、なんとかいう国の……」

「ナファド王国だ」

青年がにこりと笑って口にした国名は、義兄が言っていたものと同じだ。

「で、でも、ナファド王国の王子はほんの一ヶ月前に、日本へ来たばかりだって話じゃないか。どうしてそんなに言葉が上手なんだ……上手なんですか?」

「一ヶ月もその国で過ごせば話せるようになるのが当然だろう」

「まさか……たった一ヶ月で?」

「まさかとはなんだ。この私が嘘《うそ》などつくものか。今まで滞在した国の言葉はほとんど覚えている。イギリス、ドイツ、フランス、ロシア……なんなら喋ってみせようか?」

語学が得意らしく、青年は至極当たり前という顔で笑う。瑞紀は首を横に振り、一歩後ずさった。

「いえ。喋られても……喋ってくださっても、僕には英語しかわかりません。疑うようなことを言ってすみませんでした」

相手が本当に王子なのかどうなのかはわからない。けれどリムジンや豪華な衣装は、たとえレンタルであっても相当な金がかかるはずだ。そんな費用をかけてまで自分を担ぐ意味はあるまい。本物の王族と思って相手をした方がいいだろう。

「敬語はいらない。王子や殿下という呼び方も、様づけも不要だ。瑞紀にはハーフィズと呼ぶことを許す」

「あ、あの、だけど僕は普通の一般人で……君は、じゃない、あなたは……」

「私がそうしろと言っている。逆らうな」

それは結局王族の権威を笠に着た命令ではなかろうか。しかし逆らうのは国際関係をまずくしそうな気がする。

(……って、僕が外交を背負うのも変だけど)

とまどっている間に、ハーフィズが歩み寄ってきて片手を瑞紀の肩に置いた。

「それより話がしたい。来い」

強引さが気にはなったが、この目立つ相手と道端で話すよりはずっとましかもしれない。

瑞紀は一緒に小公園へ入っていった。

中には誰もいない。昼間は子供の歓声に包まれていそうなブランコやすべり台も、今は静寂の中、街灯の光に照らされて地面に影を落としているばかりだ。瑞紀にベンチを示し、ハーフィズは隣に並んで腰を下ろした。

「瑞紀。私は急に日本を去らねばならなくなった。父の病状が芳しくない」

「そ、それは大変な……お大事に……」

なぜ自分にそんなことを告げにきたのだろう。

とまどう瑞紀の手を取り、ハーフィズはまっすぐに視線を合わせて言った。

「時間をかけて口説き落とす余裕がないのだ、瑞紀。端的に言う。日本最後の夜を、お前とともに過ごしたい」

「は？　な、何が？　なぜ、僕と？」

もっと親しい友人や、留学中に世話になった相手がいるのではなかろうか。

「わからないか？　私はお前を抱きたい。今宵《こよい》の伽《とぎ》を命じる」

瑞紀は固まった。

飲みに行かないかとか、あるいは昼飯代を貸してくれというのに近い気軽さだが、内容はとんでもない。しかも『抱きたい』というのだから、自分は女役に見立てられている。

「じ、冗談……？」

「わざわざ冗談を言いにはこない。私は本気だ」

かろうじてすがりつこうとした可能性は、あっさり否定された。

沈黙を了承と取ったか、ハーフィズが手を伸ばしてくる。抱き寄せるつもりなのを悟って、瑞紀はバネ仕掛けの勢いで立ち上がり飛びのいた。

「ま、待ってくれ！　僕にはそっちの趣味はない！」

「未経験か？　それは嬉《うれ》しい」

ハーフィズが楽しそうに微笑したのが怖い。

アメリカへ留学していた間に、現地の学生仲間から一度だけ、探りを入れるのにも似た質問は受けた。しかし『自分は同性に恋愛感情を覚えたことはない』と答えると、それで話は終わった。口説かれたというレベルにも至らない。

しかし今目の前にいるアラブの王子は、簡単に引き下がる気はないらしかった。立ち上がり、瑞紀の方へ踏み出す。

「心配するな。私は慣れているし、愛《いと》おしい相手を痛い目に遭わせるつもりはない。優しく扱ってやろう」

「いやだ！　断る!!　僕はゲイじゃないんだ、他を当たってくれ！」

いくら研究者の端くれでも、こんな方向への探求心は持っていない。経験したくない。

後ずさる瑞紀を見て、ハーフィズが困ったように眉根《まゆね》を寄せた。

「そうか……そこまで拒否するのでは仕方がないな」

諦《あきら》めてくれるのかと思い、瑞紀がほっとして体の力を抜いた時だ。ただ立っているだけと見えたハーフィズが、予想もしない素早さで動いた。

「……っ!?」

すぐ眼前に迫った男性的な美貌に息をのむのと、鳩尾《みぞおち》に強烈な衝撃が来たのが同時だった。目の前が暗くなる。

瑞紀は意識を失った。

当て身を受けて倒れかかる瑞紀の体を受け止め、ハーフィズは背後を見やった。

「行くぞ、カシム」

忠実な側近がいつのまにか植え込みの陰に来て控えていたのには、気づいていた。最初のうちはリムジンのそばにとどまっていろと命じてあったのは、自分の腕の中で気絶しているこの初心《うぶ》そうな日本人が、二人きりでないと知れば緊張するかもしれないと思ったからだ。

「殿下……こんなことなら最初からホテルでお待ちになって、拉致《らち》してくるよう私にお命じくだされればよろしいものを。リムジンと殿下のお姿は目立ちます」

「そう言うな。日本での最後の夜だぞ。できれば合意の上で、夜のドライブなど楽しんでから交歓を尽くしたいと思ったんだ。あいにく思うようには運ばなかったが。……誰にも見られてはいないな?」

「おそらく」

ハーフィズは瑞紀を抱き上げ、リムジンの後部へ運び入れた。カシムは運転席へ乗り込む。間には仕切りがあり、運転するカシムには後部のハーフィズが何をしていても見えない。もっともこの忠実な側近は、仕切りなどなくとも邪魔はしないだろう。

リムジンがすべるように走り出した。

後部の片側にはバーカウンターがあり、反対側から後ろへかけてはL字型のソファになっている。そのコーナーに気を失ったままの瑞紀をもたれかからせ、ハーフィズはそばへ腰を下ろした。ホテルへ運び込んだあとでじっくり可愛《かわい》がってやるつもりだったが、無防備に眠っている姿が悪戯《いたずら》心をそそった。

強い当て身を喰《く》らわせたから、すぐには目を覚まさないだろう。

そっと抱き起こしてセーターとシャツを脱がせた。むき出しになった肌にはしみ一つない。撫《な》でてみた感触は素晴らしくなめらかだ。

（これは……想像した以上だな）

満足の吐息がこぼれた。この肌が愛撫《あいぶ》で薄紅色にほてり、しっとりと汗に濡《ぬ》れる様子を想像すると、楽しくてたまらない。

日本人は年より若く見えるというが、それは顔立ちが老けにくいという意味ではなく、体つきや肌のためなのかもしれない。細い体つきなのに骨張った感じはなく、むしろ青竹のしなやかさを感じさせる。

左右の胸の蕾《つぼみ》は、まだやわらかく頼りない手触りだ。指の腹で優しく撫で、つまんだり軽く揉《も》んだりして弄《もてあそ》んだ。

「ん……」

吐息とも喘《あえ》ぎともつかない声が、瑞紀の唇から漏れた。

刺激を受けた乳首が、指の間で硬く勃《た》ち上がってきた。ハーフィズは瑞紀の胸に顔を伏せ、とがりを口に含んだ。

舌での愛撫に反応して一層硬くなる感触を楽しみながら、ジーンズのファスナーを開いて下着をずらす。あらわになった肉茎は、持ち主と同様に力なくぐったりしている。

そっと握った。

「……んっ……ふ、うっ……」

瑞紀が喘ぎ声をこぼして弱々しく首を振る。まだ意識を取り戻す気配はないが、息遣いが荒くなっていた。感じているらしい。

(面白い。たまにはこういうのもいいな)

意識のない相手に悪戯をするという経験は、なかなか新鮮だ。もう少し続けてみたい。

ハーフィズは運転席に通じるインターフォンのスイッチを入れた。

「ホテルへは戻るな。しばらくこの車にいる」

あとは忠実な側近に任せればいい。カシムは適当にリムジンを走らせ、駐車しても目立たない場所を見つけるだろう。

インターフォンを切って、ハーフィズは再び瑞紀の体を味わい始めた。

唇を喉《のど》へ這《は》わせ、そのまま顎から耳の下まで舐《な》め上げた。耳孔を舌で犯すと、瑞紀の体がびくっと震えた。手の中の瑞紀自身は早くも熱を含んで昂《たか》ぶり始めている。握り込んだ右手はまだろくに動かしていないのに、上半身への愛撫でこんなにも反応するとは、かなり敏感な体のようだ。

これなら媚薬《びやく》を使う必要はない。最初は激しく怒り、拒むかもしれないが、その初々しい反応も楽しみのうちだ。反抗心を愛撫で溶かしてよがり狂わせ、腰を抜かすまで可愛がってやる。

それで片がつくに違いないと、ハーフィズは思った。

皆そうだった。もともと自分に口説かれてノーという者はほとんどいなかった。いや、ハーフィズの方から口説くこと自体がめったになかった。自分の容貌と財力に惹かれて寄ってくる美男美女は、あとを絶たなかったのだ。まれに拒絶を示した相手もいたが、それは金や宝石などの報賞を吊《つ》り上げるための演技にすぎなかった。要求をはるかに上回る褒美を与えた途端に、尻尾《しっぽ》を振って媚《こ》びへつらうようになった。

つまらなかったが、後腐れのない遊びという点では都合がよかった。ことに今回はすぐ帰国しなければならない。

(瑞紀はどの時点で落ちるかな。体の快感か、それとも金や宝石を与えたあとか……)

自分としては抱いている間によがり狂わせ、拒絶の意志を奪いたい。体で落ちなかった相手が、金であっさり転んだのではプライドが傷つく。

そんなことを考えながら愛撫を続ける間に、手の中の果実は硬く熱く育ち、とめどなく蜜《みつ》をこぼすほどになっていた。

「くぅっ……ぁ、はぁっ……」

瑞紀は切なげな声をこぼして身をよじった。呼吸に合わせて薄い胸が上下する。頰は紅潮し額には汗がにじんでいる。意識を失い、ただ快感に支配されて喘ぐ顔に、眼鏡が少しずれて乗っているのが可愛かった。自分より八歳も上だとは思えない。

「ん……」

苦しいのか心地よいのか、瑞紀は眉根を寄せ、首を左右に振った。

そろそろ目を覚ますのかもしれない。ハーフィズは手の動きを速めた。まんべんなく蜜を塗り拡《ひろ》げ、袋の表面を撫でたり、ごく軽くつまんだり、時には先端に爪《つめ》を押し込んで刺激してやる。

「あっ、あ、ぁ……！」

耐えかねたような喘ぎが瑞紀の口からこぼれたのを見すまし、強く根元から先へとしごき上げた。

「……っ！」

瑞紀が細い顎を反らせ、声にならない声をあげてのけぞった。熱い液がほとばしり、ハーフィズの手を濡らした。荒い息を吐いてソファにもたれかかった瑞紀の睫毛《まつげ》が、震えている。

手についた白濁を舌先ですくい取って、ハーフィズは一人笑った。

夢を見ている——そう瑞紀は思った。

誰かが自分に触れている夢だ。意識は深い眠りの闇《やみ》から抜け出したばかりで、まだ形をなさない。感じるのは、指なのか、唇なのか。胸や脇《わき》、腿《もも》、下腹部までも愛撫される。淫夢《いんむ》といってもいい。

(なんだろう……気持ちいい……でも、こんな場所……)

心地よいけれど、あまりにも無遠慮に瑞紀自身に触れてくるのが不安だ。的確すぎる動きに快感を引き出されて、息が荒くなる。夢の中だというのに、自分はどうしたのだろう。

「くぅっ……ぁ、はぁっ……」

中学生ではあるまいし、夢で快感に溺《おぼ》れるのは恥ずかしい。早く目を覚まさなくては。

「ん……」

呻《うめ》き声をこぼした気がする。だが動けない。

(な、なんだ? なぜ、こんな……)

誰のものともわからない夢の中の手に弄ばれ、体の中心が熱い。溶けそうに熱い。下腹部から広がる甘いしびれが、全身を金縛りにする。

「あっ、あ、ぁ……!」

次の瞬間、かつて味わったこともない快感の奔流に襲われ、瑞紀は悲鳴に似た声をあげていた。体が何度も震える。激しい動悸《どうき》に心臓が破れそうだ。

「……」

目を開けたつもりだったが、まだ夢の中にいるのだろうか。アラブの衣装を着た青年が見える。どこかで見たような顔だと思ったら、今日の昼間に会った留学生だ。ハーフィズといったか。押しが強いと思っていたら、夢の中にまで現れた。自分の乗ったミニバイクにリムジンで並走して、そのあと一緒に公園へ――。

（……違う！）

思い出したくだりが夢ではないと気づき、瑞紀は跳ね起きようとした。が、大きな体が自分の上に覆いかぶさっているので、重くて動けない。首を回し視線をめぐらせて、周囲の様子を見るのが精一杯だ。

どうやら自分はソファに寝かされているらしい。どこかの部屋かと思ったが天井の低さや窓の配列から見て、車内にいるのだと気がついた。普通の乗用車や観光バスではなさそうだ。さっきのリムジンだろうか。振動は感じないからどこかに停めてあるのだろう。車内が明るいため、反射で窓の外の景色は見えなかった。

（僕はどうしたんだ。確か公園でハーフィズにいきなり鳩尾を、がつっと……それで、気を失ったのか？）

それはともかく、なぜハーフィズが自分にのしかかっているのだろう。しかも脚の間に片膝を割り込ませる形だ。そしてこの喉元から下腹部にかけての、薄ら寒くて頼りない感じはなんなのか。

「君、何をしてるんだ……？」

顔を見上げて問いかけると、ハーフィズは答えの代わりに、にやりと笑って尋ね返してきた。

「よく眠っていたな、瑞紀。寒くないか？」

「え……うわっ⁉」

ハーフィズが軽く体を浮かせたので、はっきり見えた。上半身裸にされたうえ、ジーンズと下着をずらされている。狼狽した瑞紀は慌てて服を直そうとした。だがハーフィズが素早く右手首を押さえ、再び体重をかけてきた。

「やっ……やめろ！　なんのつもりだ⁉」

問いかける一方で、小公園で話したことの内容が頭に甦《よみがえ》る。

（確か、僕を……抱きたい……とか……）

寒気がした。

あの不穏な言葉、半裸にされて男にのしかかられている状態——今のこの状況をこそ、夢だと思いたい。

それなのにハーフィズはにんまりと笑い、もがく瑞紀の両手首を左手だけで一まとめにつかまえたあと、右手をこれ見よがしに顔の前にかざしてきた。

「いい夢を見ただろう？」

「！」

瑞紀は目をみはった。ハーフィズの指先には、白い液体が粘りついている。

「感じやすい体だな、瑞紀は。軽く触っただけで、私の指をこんなに汚して」

からかう口調で言われて瑞紀の頬が熱くなった。眠っている間に見た曖昧《あいまい》な、けれど抗《あらが》いがたい快感に浸《ひた》った夢が、脳裏に甦る。だからといって、はいそうですかと認められるわけはない。

「違う……違う、知らない！」

叫んで、必死にハーフィズの下から抜け出そうともがいた。だが体格ではハーフィズの方が一回り以上大きいし、瑞紀は護身術も何も知らない。逃れようがなかった。

「そう言うのなら、今度ははっきりわからせてやろう。お前が達しただけで私はまだ何も楽しんでいない」

「な、何を言って……!!」

ハーフィズは一層体重をかけ、自分の股間《こかん》を瑞紀の腿に押しつけてくる。衣服越しでも硬さと熱さが伝わってきた。

冗談ではすまないことを知って、瑞紀は引きつった。

「放せ！　僕にはそんな趣味はない、違うんだ!!　放してくれ！」

もがいたが、無駄だった。ハーフィズは自分の頭布を外して、瑞紀の手首を縛り上げてしまった。

「そんなに怯《おび》えるな。さっきも気持ちよかっただろう？　今度は目が覚めた状態でじっくり味わうといい」

「ふ、ふざけるな！　何を考えてるんだ、恥知らず‼」

「恥？　ああ、外から見えるのが心配なのか？　スモークガラスだから何をしていても外からは見えない。防音も完璧《かんぺき》だ」

「そういうことを言ってるんじゃない！　僕はいやだと……」

「初めてで不安なのだな。ちゃんと慣らしたあとに入れてやる、怖がることはない。今まで知らなかった快感を教えてやろう」

楽しそうに笑い、ハーフィズが瑞紀のジーンズに手をかける。

「やめろ！　いやだ、やめてくれ‼」

「暴れるな、ソファから落ち……つぅっ！」

縛られた両手を力一杯振り下ろしたら、ハーフィズの顔をかすめて肩に当たった。

「この……どこまで諦めが悪いんだ！」

偶然の一撃だが、痛かったらしい。顔を歪めてどなったハーフィズは、瑞紀の手首を縛った布の端を、天井近くにあるシートベルトの金具に結わえつけてしまった。

両腕を頭上に伸ばして固定され、瑞紀は動けなくなった。その状態で、ジーンズと下着を膝まで引き下ろされる。

「あっ……」

むき出しになった下腹部に視線を落として、瑞紀の顔が熱くなった。

さっきまではハーフィズの体に隠れてよく見えなかったが、上腹部に白濁が飛び散っている。眠ったまま弄ばれて達したと聞かされても半信半疑だったが、これでは認めざるを得ない。

ハーフィズが笑った。捕らえた獲物の喉に牙《きば》を立てる寸前の、肉食獣の眼だった。

「これでわかっただろう。お前の体は自分で思っているより、ずっと正直だ。……虚勢を張るのはやめて、素直に楽しめばいい」

靴やソックスまで脱がされ、ジーンズと下着を取り去られた。ソファに寝かされた瑞紀の体を覆うものは、半分ずれた眼鏡と手首を縛った布だけになった。

裸にされただけでも恥ずかしいのに、

「いい眺めだ」

からかうように言われて、全身が燃え上がる。羞恥《しゅうち》と屈辱に鼓動が速くなった。自分がこんな目に遭っていることが信じられない。瑞紀は体をひねって、下腹部だけでもハーフィズの視線から隠そうとした。

「協力的になったな。わざわざ尻《しり》をこちらへ向けるとは、後ろからされるのが好みか?」

「……っ!」

からかわれて姿勢を仰向《あおむ》けに戻しかけたが、それでは下腹部がむき出しになる。どうすればいいのか瑞紀がうろたえる間に、ハーフィズは衣服を脱ぎ捨ててしまった。

「どちらがいい? 初回はお前の好みに合わせてやろう」

「し、初回ってなんなんだ! 好みなんかあるもんか、僕はいやだと言って……‼」

「では私が決めてやる」

「あっ‼」

腰をつかまれ、仰向けにされた。左右に拡げられた脚の間に、ハーフィズの体が割り込んでくる。

「顔が見たい。最初は前からだ」

瑞紀の左脚を体で壁に押しつけて固定し、ハーフィズは右脚をつかんで深く折り曲げた。手には小壜《こびん》を手に持っている。

「な、何をするつもりだ⁉」

「油だ。お前のここは、女のように濡れてはこないだろう？」

壜の栓を取ったらしい。南国の花を思わせる、濃厚で甘い香りが車内に広がった。ぬらつく指が後孔に触れたのを知って身をこわばらせると、満足げな含み笑いが聞こえた。

「反応がいちいち初々しいな。可愛い奴だ」

「……ふ、うっ！」

瑞紀の息が止まった。指先が後孔にめり込んだせいだ。

「深呼吸をして、体の力を抜け」

息を吐いたのはハーフィズの言葉に従ったからではなく、意志とは無関係な肺の要求だった。

「い、痛い……やめて、くれ……」

呻き声がこぼれた。涙がにじんで目に映る景色がぼやける。だが聞こえてくるハーフィズの声は、ひたすら楽しげだ。

「泣いて許しを請う姿はそそるぞ、瑞紀。……心配するな。お前の体が傷つくようなことにはしない」

「やめてくれ、頼む、もう……あぁぁっ！」

「慣れるまでは違和感があるだろうが、すぐお前の方から泣いてせがむようになる」

ハーフィズは瑞紀の懇願を無視して、さらに指を奥へ進めた。香油のせいか、侵入はなめらかだった。だが今まで外からの異物を受け入れたことのない場所には、圧迫感と気持ち悪さしか感じない。

「やっ……いや、だ……ぁ、はぅっ！」

瑞紀は身をよじってもがいた。

指が自分の中でうごめく。粘膜に香油を塗りつけながら、何かを探るような動きをしている。気持ちが悪い。こんな行為で快感を覚えるようになるなど信じられない。

だがハーフィズの指が、ある一点に触れた瞬間だった。

「……っ⁉」

瑞紀の体がそりかえった。

「ひぁっ‼　あ、ぁ……な、なんっ……あぁぅっ！」

指は瑞紀の中にあるしこりを愛撫し続けた。軽く押しては力をゆるめ、また押す。それだけのことなのに、体に電流を通されたかのようだ。押されるたびに全身の筋肉がびくびくと痙攣《けいれん》する。

「何、何が……うぅっ！　抜いて、抜いてくれ……く、はぁっ!!」

「前立腺《ぜんりつせん》を刺激されるのは初めてか？　では、こんなのはどうだ？」

「あっ……あぁぁっ！」

中に入った指が動くのに合わせて、袋と後孔の間の皮膚を別の指で押された。二方向から前立腺を責められる。

甘いしびれが、さざ波のように全身に伝わっていく。体がほてり、息が弾む。

「な、なんで……なぜ、こん、な……ふ、ぁっ！　ああぅっ！」

「お前が敏感だということだ。肌がなめらかで反応がいい。女を抱くより、男に抱かれるのに向いた体のようだな」

「ち、違う……僕は、そんなんじゃゃ……」

「だったらこれはなんだ？」

必死に認めまいとする瑞紀の肉茎を、ハーフィズは指先ではじいた。

「う……」

瑞紀は唇を噛《か》んだ。意志とは無関係に硬く勃ち上がって先端に雫《しずく》をにじませている自分の体が、恥ずかしくてならない。

「だからすぐ気持ちよくなると言っただろう。……言っておくが、塗り込んだのはただの香油だ。瑞紀の初々しい反応を愉《たの》しみたいと思ったから、媚薬は使っていない。お前の体が素直に反応しているだけのことだ」

「違うっ、違……う、くあぁっ！」

「二本目だ。できるだけ拡げておかないと、お前がつらい」

指が増えた。中を探り、敏感な場所をいたぶって瑞紀をさんざん喘がせたあとで、さらに三本目が入ってくる。

香油をたっぷり使っているせいか、痛みはましになってきた。慣れたのかもしれない。けれどもこんな場所を、痛みを感じなくなるほどに他人の指で拡げられているという事実が、恥ずかしい。瑞紀は固く目を閉じ、唇を引き結んで声を耐えた。

しかしそれにも限界があった。

「そろそろ、いいだろう」

「!!」

中に入っていた指が抜けていった。だが息をつく間もない。指よりもはるかに量感のある灼熱《しゃくねつ》が、ほぐされた肉孔へあてがわれた。

「……あああぁっ！」

押し入られる。指とは比較にならない大きさに、前もってほぐされ拡げられたはずの肉孔が悲鳴をあげた。香油のぬめりがなければ、とても入らなかったに違いない。

「や、やめ……抜い、て……うあぁっ!!」

「体を楽にしろ。息を吐け。緊張しても痛みが強くなるだけだぞ」

「いや、だ……ひぁっ！」

後孔に気を取られていたら、無防備な喉元を舐め上げられた。思いがけない刺激に、自分でも耳を塞《ふさ》ぎたくなるような声がこぼれた。舌がゆるゆると顎の下を這い、耳元へ移動する。

「やっ……そ、そこは……」

くすぐったさに瑞紀は身をよじった。

もともと自分は耳の周辺が敏感らしい。普段でもどうかすると、ドライヤーで髪を乾かすだけで背筋がざわつくことがある。そんな場所を舌で嬲《なぶ》られ、身を縮めた瞬間に唇を離して、焦《じ》らすように吐息を吹きかけられては、たまったものではない。

「あっ、あぁっ……やぁ……いや、だ……」

「いい声を出す。敏感な場所を見つけるのが楽しみになってきた。ここはどうだ？　こっちは？」

「やめ……やめて、くれ……んんっ！」

耳元を舌と歯と唇で丁寧に愛撫しながら、ハーフィズは瑞紀の体に手を這わせた。乳首や内腿は言うに及ばず、膝裏のくぼみや、尻と太腿の境目のラインなど、瑞紀自身も知らなかった感じやすいポイントを巧みに探り当てていく。

両手を縛られて拘束された瑞紀には、ただ身をよじって喘ぐことしかできなかった。

他の場所への愛撫に気を取られて緊張がゆるんだ瞬間を見計らい、ハーフィズは少しずつ肉孔を穿《うが》つ怒張を沈めてきた。

「う、ぅっ……もう、やめ……抜いて……」

「大丈夫だ、裂けたりはしていない。すぐに気持ちよくなる」

ハーフィズの言っていたとおり、丁寧にほぐされたためか痛みはさほどでもない。その代わり圧迫感が強かった。気持ちいいなどとはとても思えない。

「苦し、い……いやだ……いや……」

懸命に首を振る瑞紀の頬を、ハーフィズが舐め上げた。

「苦しいと思うから苦しい。……気持ちいい場所もあるだろう？　そこへ意識を集中していろ。すぐに慣れて心地よくなってくる」

「あ、ぁ……」

「そんな可愛い声を出すな。もっと啼かせたくなる。初めてお前を見た時は、こんなにいい表情と声を持っているとは思わなかったぞ。……これは邪魔だな」

半分ずれていた眼鏡が外された。もう一度、頬を濡らす涙を舐め取ってから、ハーフィズは唇を合わせてきた。

ついばむように瑞紀の唇を味わったあと、舌を入れてくる。

目を覚ましたばかりの頃なら噛みついたかもしれないが、今の瑞紀にその気力はなかった。後孔を犯す牡《おす》が大きすぎ、苦しくて、何も考えられなかった。

さっき吹き込まれた囁《ささや》きが、甘く脳にしみ込み、神経を冒していたのかもしれない。

『気持ちいい場所へ意識を集中していろ。すぐに慣れて心地よくなってくる』

その言葉どおりに、快感ばかりが強く脳に伝わり始めていた。それが敗北だと気づく余裕はなかった。

「ん、ぅう……ふぅ、んっ……」

舌がからむ。唾液《だえき》が溶け合う。口蓋《こうがい》から歯茎の裏まで丁寧に舐められて、体が震える。

キスをするのは何年ぶりだろうかという思いが、脳裏をかすめた。大学生の時の恋人と別れて以来だけれど、あの頃も、こんな執拗《しつよう》なまでに深い口づけをかわしたことはなかった。せいぜい舌をからませる程度だった。

この口づけは違う。

からみ合った舌を、ちぎれるほど吸われる。一度離れたハーフィズの舌が、口蓋や歯茎や舌の裏など、思いもよらない場所をくすぐり、しびれるような心地よさを引き出す。甘噛みされた唇に熱がたまる。そしてまた舌がからみ合う。

「……ふ、ぁ……っ……」

唇が離れた。大きく瑞紀が息を吐いたのを見計らったかのように、ハーフィズは腰を動かし始めた。

後孔を貫く圧倒的な量感――最初は確かに苦しかったのに、それが変わり始めた。

「……は、ぁうっ!!　あぁっ！」

ハーフィズが腰を動かすたび、瑞紀はのけぞった。

さっき指でさんざん、ここに快感が眠っていると教えられた場所を、逞《たくま》しい怒張で突かれ、こすられる。脳天まで走り抜ける電流が、思考力を奪っていく。

いつしか瑞紀は、突き上げに合わせて自分から腰を動かしていた。逆らうよりその方が楽だった。もしも両腕が自由だったら、ハーフィズにしがみついていただろう。手首を縛られているために、自分の掌《てのひら》に爪を食い込ませて耐えることしかできない。

熱い。体の内も外も、熱くたぎっている。

「あっ、あ、ぁあ……くう、ぁっ‼」

いきなり、自分自身の先端を指で撫でられ、瑞紀は悲鳴に似た声をあげた。

「後ろを責めているだけなのにこんなに硬くして、涎《よだれ》まで垂らして……はしたない体だ。もう味を覚え込んだか」

後孔を貫かれ、指や舌でも愛撫されて、全身で感じている。そのうえ最も敏感な部分を二人の体の間に挟まれてこすられては、耐えられるわけがない。瑞紀は再び硬く勃ち上がっていた。

その根元を、ハーフィズの手がきゅっと握り込む。前を締めつけられ、後ろを一層激しく突き上げられて、瑞紀は泣き叫んだ。

「ひぁっ！　や、やめてくれっ……頼む、ゆるめ、て……あぁぁっ‼」

「こういう場合、日本語では『イかせて』と言うんだったな？　私にお願いしてみろ、瑞紀。イかせてくださいと」

もはや拒否できるだけの意志力は残っていなかった。涙をこぼして瑞紀は言われたとおりの台詞《せりふ》を口にした。

「イ……イかせ、て、くださ……い」

「私はまだろくに愉しんでいない。この後私が満足するまで何度でも抱かれるというなら、イかせてやろう。それがいやなら、このまま我慢しろ。……できるか？」

意地の悪いことを囁きながら、ハーフィズは根元の締めつけを強めた。空いている指で濡れそぼった先端をくすぐるように撫で回し、尿道口に軽く爪を立てる。

「あうぅっ！　い、痛い！　そこは、やめ……あっ、ぁ……やめてくれっ、頼む……!!」

「どうする。我慢できるか？　イきたいか？」

「む、無理、もう……頼むから、イかせ、てっ……早く、イかせて、くださいっ……!!」

我慢できるわけがなかった。自分が何を喋っているのかもわからず、ただ苦しさから逃れたくて瑞紀は懇願した。

「……可愛い奴」

満足感のこもった声を耳に吹き込まれる。瑞紀自身をとらえた指をゆるめないまま、ハーフィズは抜き差しの速度を速めた。敏感なしこりをこすられる。

強すぎる快感に、気が狂いそうだった。

「あぁっ⁉　な、なぜ……許し……あ、あ、ぁーっ……!!」

「初めてだったことへの褒美だ、中にたっぷりくれてやろう。……いくぞっ」

荒い息の合間に笑いを含んだ声で言い、ハーフィズは深々と突き入れた。同時に締めつけていた指をゆるめて、根元から先へとしごき上げた。

大量に迸《ほとばし》った熱い液体が、瑞紀の肉洞《にくどう》を満たす。それと同時に瑞紀自身も放っていた。

「う、うっ……」

息も絶え絶えに喘ぐ瑞紀をまだ味わおうとするように、二度、三度と深く突き入れてから、ようやくハーフィズは体を離した。

通話用らしいインターフォンのスイッチを入れ、知らない言語で短く喋ったあと、力なくソファに転がったまま肩で息をしている瑞紀に視線を戻して、笑いかける。

「リムジンの中もいいが、やはり狭い。ホテルへ移動しよう。……約束どおり、私が満足するまでつき合ってもらう」

返事をする気力は、瑞紀にはなかった。

その後の記憶は断片的だ。

瑞紀が連れていかれたのは、ハーフィズが長期滞在しているホテルだったようだ。

リムジンが停まりドアが開くと、警護役らしい、巨体を黒いスーツに包んだ男たちが待ちかまえていた。毛布で体をくるんだだけの姿の瑞紀は、彼らに囲まれる形で専用エレベーターに乗せられ、最上階のスィートへ移動した。きっとホテルの従業員も客も誰一人、瑞紀を見なかっただろう。

強引だが決して乱暴ではなく、むしろ壊れ物を扱うような丁寧な手つきで瑞紀をソファに座らせ、男たちは退室していった。

あとはハーフィズと二人きりだ。

軽々と抱き上げられて、キングサイズのベッドに運ばれ、再び犯された。声がかすれるほどよがり泣かされたあと、場所を変えて浴室で、これで終わりかと思えばまたベッドで——何度射精したのか、自分でもわからない。最後には気を失うのに近い形で眠ってしまったらしい。

瑞紀の意識がはっきりしたのは朝になってからだった。カーテンを開け放った窓からの日差しが、まぶしいほどに部屋を満たしている。

「う、ぅ……」

短い呻きを聞きつけたのか、窓際に立っていた人影が振り返った。

「目が覚めたか」

笑いを含んだ声で言い、ベッドへ歩み寄ってくる。ハーフィズの声だが、裸眼では表情まではわからない。

眼鏡はどこかと視線をめぐらせたら、着ているガウンの前がはだけて下腹部が見えそうになっているのに気づいた。瑞紀は慌てて前をかき合わせた。自分でこのガウンに袖《そで》を通した覚えはない。着せたのはハーフィズか、それとも従者か誰かだろうか。自分のセーターやジーンズはどこへいったのだろう。

捜そうと思って、上体を起こした。

「うっ……」

瑞紀は呻いた。

動いた瞬間、後孔が鈍く疼《うず》いた。まだ中に何かが入っているような気がする。腿の筋肉は引きつるように痛むし、胸元にはキスマークとしか思えない鮮やかな赤紫色の斑点がいくつも散っていた。

昨夜の出来事が脳裏をよぎった。

(……夢じゃなかった)

自分は男に拉致され、強姦《ごうかん》された。それもただ犯されただけではなく、苦痛に負け、快感に身を任せることを選んだ。よがり狂い、自分を犯している男に向かって射精させてくれるよう懇願し——何度も達したのだ。

(なぜ、あんなことを……)

羞恥と屈辱と自己嫌悪に体が震えた。

瑞紀の内心も知らず、ハーフィズはすぐ前まで歩いてきた。これだけ近づけば、眼鏡がなくても表情がわかる。野性味と気品が同居する端整な顔には今、満足げな笑みが浮かんでいた。

ハーフィズは軽く身をかがめ、瑞紀の手首をとらえた。

「楽しい夜だったぞ。考えていたよりずっと素晴らしかった」

「や……」

やめろ、と言う前に引き寄せられ、唇が重なった。

「ん、んっ！　んぅーっ!!」

腕を突っ張り、瑞紀は懸命にハーフィズの体を押しのけようとした。

「どうした、瑞紀？」

顔を離したハーフィズが、不思議そうに尋ねてくる。

「何を拗《す》ねている？　昨日はあんなに情熱的に応《こた》えてきたのに。忘れたのか？」

「……っ……」

中途半端に昨夜の記憶が残っているだけに、恥ずかしさで顔が熱くなる。快感に負けて乱れた自分自身が情けなくて返事ができず、瑞紀はうつむいた。

うなだれて固まっている瑞紀を見て、自分に都合のいいように解釈したらしい。ハーフィズは声をたてて笑った。

「奥床しいな、瑞紀は。そんなに照れて。……今まで何人もの日本人と楽しんだが、朝にこんな慎ましい風情を見せる相手はいなかった。夜は娼婦《しょうふ》で昼は聖女か、悪くない」

「い……言うなっ！」

ハーフィズは苦笑して手を離した。

「もっと一緒にいたいが、今日帰国しなければならない」

名残惜《なごり》しそうな口調で呟《つぶや》き、口づけを瑞紀の髪に落としてハーフィズは体を起こした。

「楽しませてくれた礼だ。好きなものを与えてやろう。何がほしい、瑞紀？　宝石か、土地か、現金か？　昨夜の思い出のよすがが、現金や土地では情趣に欠けるが」

瑞紀の体が震えた。

あれを——暴力で押さえつけ、意志を無視して蹂躙《じゅうりん》した行為を、『思い出』などと言ってのけるのか、この男は。

「……要《い》らない」

口からこぼれた声は、怒りに震えかすれていた。

「なんだって？　なんといった？」

「要らない！　君からは何一つもらいたくない!!　何が思い出のよすがだ、僕が昨日のことを覚えていたがるとでも思うのか!?　すべて忘れてしまいたいんだ!!」

瑞紀は感情のままに叫んだ。

望むことは今すぐ自分のマンションへ帰り、シャワーを浴びて全身を洗うことだけだった。できることなら厭《いと》わしい記憶もすべて、洗い落としてしまいたい。

ハーフィズの顔が険しくなった。

「本気で言っているのか？　忘れたいと？」

「当たり前だ！　自分が何をしたか、君はわかってるのか!!」

ハーフィズが怒っているらしいことは瑞紀にもわかった。だがそれがどうだというのだろう。被害者は自分の方だし、力ずくで犯されたのだから、これ以上悪いことなど起こりうるとは思えない。

だが、次に聞こえた言葉は瑞紀の予想を超えていた。

「忘れることなど許さない。……予定変更だ、お前をナファドへ連れていく」

愕然《がくぜん》として瑞紀はハーフィズの顔を見上げた。漆黒の瞳に浮かんでいるのは、プライドを傷つけられた怒りだった。

「私は今まで誰にも拒絶されたことなどない。……お前もそうだった、最初は拒否しても途中からは一緒に楽しんでいたはずだ。私に抱かれている間、あれほど素直に応え、いい声で啼いたくせに」

「ち、違う！　あれは……!!」

反射的に否定したものの、脳裏を昨夜自分が演じた痴態が走り抜け、それ以上の反論は出てこなかった。

「違う。……僕の意志じゃない」

かろうじてそう呟き、瑞紀は弱々しく首を横に振った。だがその態度が一層ハーフィズの気に障ったらしい。

「媚薬を使ってはいないぞ。自分で感じて反応したのに、ごまかす気か。この私を拒絶しただけでは飽きたらず、嘘をついて、思い出までも忌まわしいもののように扱うのか。……お前がその気なら、国へ連れ帰って毎夜可愛がってやる。覚えの早そうな体だ。素直な口を利くようになるまでに時間はかからないだろう」

「……」

「そう怯えた顔をするな。何も牢《ろう》に入れるというのではない。お前の行き先は私の離宮だ。望む物はなんでも与えよう、今までのどの愛人よりも贅沢《ぜいたく》な暮らしをさせてやる」

「いやだ！　そんな目に遭うくらいなら、死んだ方がましだ!!」

後ずさりつつ、瑞紀は叫んだ。

遠い異国へ連れていかれて、これからも辱めを受けるというのだろうか。同性に犯され、意志に反してよがり狂わされ、自尊心を踏みにじられて——絶対にいやだ。

ハーフィズの眉間《みけん》に縦皺《たてじわ》が寄った。

「この私が愛人にしてやる、ほしい物はなんでもくれてやると言っているのに、死んだ方がましだと？」

「物で片づけるつもりか!?　誘拐して、あんな目に遭わせておいて……人をなんだと思っているんだ！　二度と君の言うことは聞きたくない！　あんな、あんな思いをするくらいなら、死んだ方がずっとましだ……!!」

惑乱と絶望と自己嫌悪に苛《さいな》まれた瑞紀には、ハーフィズの感情に配慮する余裕などなかった。感情のままに、最大級の拒絶を口にした。

「なるほどな。サムライの国の人間らしく、自殺する覚悟というわけか」

美貌と頭脳と財力に恵まれ、思いどおりにならないことなど一つもなかったであろうアラブの王子は、怒りをむき出しにした眼で瑞紀を見下ろして言い放った。

「だが私にもプライドがある。そこまで馬鹿にされては、引き下がれない。いいだろう、死にたければ死ね。お前が死ねば、似た面影の者を捜して連れて帰り、飽きるまで可愛がるまでだ。お前の代わりだ。……確かお前には一つ違いの姉がいたな？　報告ではよく似た顔立ちという話だったが」

瑞紀の顔から血の気が引いた。

夕食をご馳走になった時の、姉と義兄の仲睦《なかむつ》まじい様子が胸をよぎった。自分のせいで、彼らの生活が破壊されるようなことがあったら、取り返しがつかない。

「冗談はよせ……王族だからって誘拐が許されるものか。国際問題になるぞ」

「ばれなければ問題はない。瑞紀が抵抗するなら薬で眠らせて運ぶ。王室専用機を入国管理官や警察が調べに来るとでも思うか？」

「……」

反論はあっさりつぶされた。もう逃げ道はない。ハーフィズに従うしかないのだ。瑞紀は力なく呟いた。

「やめてくれ……」

「ん？」

「姉には、手を出さないでくれ。関係ないはずだ」

「聞こえない。私に意味が通じるように言え」

勝ち誇った笑みを浮かべて嘲弄《ちょうろう》され、瑞紀は唇を噛んだ。苦い物を飲み下す思いで、死んでも言うまいと思っていたはずの言葉を口にする。

「君の、言うとおりにする。中東でもどこでもついていくから……」

「ただついてくるだけか?」

瑞紀はうつむいた。姉のことを言われた時点で、自分の負けは確定したのだ。

「愛人でもなんでも、君の好きにすればいい」

「可愛げがないな。こういう時は『どうか可愛がってください』などの、しおらしい言葉を選ぶものだ。まあいい。許してやろう。すぐお前自身の意志でねだるようになる」

瑞紀の顎をとらえて仰向かせ、ハーフィズは身をかがめ、もう一度口づけた。

舌が歯列を探ってくる。まぶたを閉じた瑞紀は自分から歯を割り、ハーフィズの舌を迎え入れた。目の奥が熱くなり、涙がにじんだ。

2

「……いや……いやだ……もう、許し……あぁっ！」

豪華な天蓋つきのベッドが激しくきしむ。壁の大鏡に、重なり揺れる人影が映っている。うつぶせに這う瑞紀と、背後から貫いているハーフィズだ。

「嘘つきだな、瑞紀は。ここはこんなに貪欲《どんよく》に私をくわえ込んで、締めつけているくせに」

「ち、違……んっ‼　くうぅっ！」

部屋を満たす香油の甘い香りには、汗のにおいが混じっていた。そして、

「うっ……あ、あぁぁっ！」

悲鳴に近い声と同時に、精臭が部屋にあふれ出した。引き抜きざまにハーフィズが迸らせた大量の液が、瑞紀の尻や腿裏に粘りつき、糸を引いてシーツに落ちた。

支えていた手を離され、瑞紀はぐったりと突っ伏した。瑞紀自身が放った液もシーツに粘りついている。意志を無視して射精してしまった体が、痙攣するように何度も震えた。

笑い混じりの声が降ってきた。

「気持ちよかったか？　悪いわけはないな。三度も達したんだ」

「……」

「いい加減、慣れただろう？」

疲労困憊《こんぱい》して、声が出てこない。それでも瑞紀は懸命に首を左右に振った。

ハーフィズの声がとがる。

「まだ強情を張るのか。あれほど反応しておいて」

「違、う……」

ナファド王国へ連れてこられた瑞紀は、ハーフィズの離宮に軟禁されていた。すでに十日がたつ。毎夜のごとく犯され、ハーフィズの言葉どおり、体は快感を覚え始めていた。だが気持ちが慣れたわけではない。むしろ肌を重ねるほどに冷えていく。

ベッドに倒れ伏したまま、かすれる声で瑞紀は問いかけた。

「君は、何が望みなんだ……こんなに、毎日……もう満足したんじゃないのか……？」

正直、なぜハーフィズが自分に執着するのかがわからない。

最初の時、瑞紀には同性愛の経験がないと知って嬉しそうだった。初物食いが好きなタイプなのかもしれない。しかし仮にそうだとしても、すでにハーフィズは充分すぎるほど自分の体を貪《むさぼ》った。瑞紀が我を忘れ、意志に反してよがり狂うまで弄んだ。もう飽きてもいいと思う。頭脳容姿財力すべてに恵まれた若い王子なら、自分などよりはるかに若く美しくて、しかも巧みな奉仕を心得た美男美女が、いくらでも寄ってくるはずだ。

「なぜ僕を解放してくれない……？」

「お前こそ、なぜここを離れたがる。それほど私のそばにいるのはいやか？」

返ってきたのは、ひどく不満そうな口調の問いかけだ。

「初めて会った時、お前は礼拝を笑う者をたしなめ、私の味方をした。それなのに肌を合わせた今になって、なぜ私を拒む？　体は素直に応えてくるのに……」

「だったら僕が、どうすれば満足なんだ？」

答えはない。

ベッドから下りる気配がした。ばさっと布の鳴る音が聞こえたのは、長衣を羽織ったのかもしれない。無言でハーフィズは部屋を出ていった。

一人になった瑞紀は、ふらつきながらも懸命に体を起こした。壁にすがって、寝室に続くバスルームへと移動する。

ここへ連れてこられた初めの夜、行為のあと疲労しきってベッドに倒れたままでいたら、部屋に入ってきた召使いたちに数人がかりで浴室へ運ばれ、全身くまなく洗われるという恥ずかしい目に遭った。

その後、召使いに必死に頼み込み、『日本の風習では、親子や夫婦でもない限り体を他人に洗わせることはない。切腹ものの恥だ』とまで誇張して訴え、一人で入浴する権利を確保した。意に染まない交わりを強制されたあとの体を他人の目に晒《さら》し、洗うためとはいえ撫で回される恥ずかしさには、一度で懲りた。

湯に浸《つ》かる前にざっと体を流していたら、ドアの外から控えめな少年の声がした。

「ミズキ様。ご入浴ですか？」

瑞紀専用の召使いとしてつけられた、ムウニスという十四、五歳の少年だ。

切腹ものの恥だという誇張した訴えが効いたらしく、ムウニスはいきなり浴室へ入ってくることはなく、まず外から確認を取ってくれる。日本語はできなくとも英語が話せるので、会話にそれほど不自由はなかった。

「お手伝いすること、ありますか？」

「いや、いいよ……一人でゆっくり浸かりたい」

「わかりました。あとでバスオイルをお持ちします。少しお待ちください」

瑞紀の返事があったことに、ほっとした気配が声音ににじみ出ていた。疲れ果てて浴室で倒れていないか、あるいは湯の中で溺れはしないかとでも案じていたらしい。

ムウニスの足音が遠ざかるのを聞きながら、湯に身を浸し、瑞紀は深い溜息をついた。

広々としたジャグジーバスには、いつも適温の湯がたたえられている。循環式の綺麗な湯はすべて真水だ。砂漠の国ナファドでは水道水は海水から作るそうだが、一般家庭の水道では塩分が抜けきらない水が出るのが当たり前らしい。真水は飲用や女性が髪を洗う時だけ大事に使い、入浴や洗い物は塩気を含んだ水でするのが普通だと聞いた。

この風呂《ふろ》もそうだし、超一流ホテルのスィートのような贅沢な続き部屋に、専用の召使いなど、物質的には最高の贅沢を与えられていると思う。

食事なども、多分最高級の食材を最高のシェフが料理しているのだろう。疲れた体に肉類が脂っこく感じて食が進まずにいると、さっぱりした味つけのサラダやフルーツ、あるいはコンソメスープや中国風のお粥《かゆ》など、手を替え品を替えた献立が用意される。

誘拐された際に着ていたコットンシャツやジーンズは処分されたようだ。「慣れた眼鏡でないと頭が痛くなる」と訴えてようやく眼鏡だけは残してもらえたが、それ以外の身に着けるものは、すべて新しく用意された。この国の気候にもっとも合った服装、つまりアラブ風の長衣にゆるやかなズボン、髪を覆う頭布《カフィーヤ》だ。どれもとても肌触りがよい生地で、宝石細工のボタンや精緻《せいち》な刺繍があしらわれたものもあり、値段を考えるのが恐ろしい。

(ここまでして……ハーフィズは僕をどうしたいんだろう)

自分を牢獄に放り込んで好きな時に犯すこともできるのに、そうはしない。人によってはこの待遇を受けて軟化し、ハーフィズに心を寄せる者もいるのかもしれない。

だが自分には無理だ。

(いくら贅沢を許されていても、結局ここは牢獄じゃないか)

離宮内を出歩くことは許されているが、要所要所に監視カメラが設置してあるのだろう。瑞紀が近づいてはまずいであろう場所へ近づくと、銃を携行した警備の兵士がどこからともなく現れて、丁重ながらも有無をいわせぬ態度で止められる。

(閉じこめられて、豪華な食事や衣服を与えられたって……それじゃペットと同じだ。ハーフィズは僕の意志を尊重してくれるわけじゃない)

所詮《しょせん》彼はただの強姦魔だと思う。その証拠に、好きな時に瑞紀の部屋へ来て、好きなように抱く。召使いがいてもお構いなしだ。何度も訴えて交合中は他の者を部屋から出すことだけは承諾してもらったが、それでもハーフィズはしばしば真っ最中に召使いを呼びつけて潤滑油を持ってこさせたり、事後に蒸しタオルを運ばせて体を拭《ふ》かせたりする。生まれた時から人にかしずかれて育った彼には、体を見られることなど恥ずかしくもなんともないらしい。逆に、うろたえていやがる瑞紀の反応を面白がる始末だ。

浴室のドアがノックされた。

「バスオイルをお持ちしました。ミズキ様の好きな、オレンジの香りの」

ムウニスが入ってくる。瑞紀の気持ちを解きほぐそうとしているのがよくわかる笑顔を見て、瑞紀も湯の中から微笑を返した。ムウニスは一層ににこにこした。

柑橘《かんきつ》系の香りが特別に好きなわけではないけれど、以前にバスオイルだか洗髪料だったかを使った時、瑞紀が『いいにおいだ』と呟いたのを覚えていて、以来ムウニスは何かというとオレンジの香りがする物を持ってくる。こういう心遣いは微笑《ほほえ》ましいし、嬉しい。瑞紀が喜ぶようにと考えてくれているのがよく伝わってくる。

だがそれも、ハーフィズに許可された範囲内の親切である。逃げたいと訴えても耳を貸してはくれない。

仕方のないことだ。彼らの主人はハーフィズで、瑞紀ではない。

「入浴のあと、新しい服が用意してあります。殿下がミズキ様のために仕立てさせた長衣ができあがってきました。エメラルドのボタンがとても綺麗ですよ」

「要らないよ。そんな派手なの」

「派手じゃないです。とても上品。殿下がご自身でお選びになったそうです。ミズキ様は、本当に愛されてます」

「……」

召使いたちは誰一人、瑞紀の状況を可哀相《かわいそう》だとは感じていないらしい。ムウニスも以前、浮かない表情の瑞紀を見て、

『殿下は素晴らしいお方です。その殿下に、日本の法律を破ってでもナファドへ連れてくるほど、ミズキ様は愛されていらっしゃいます。殿下に心からお仕えなさったら、もっともっと大事にしてもらえますよ』

そう慰めてきた。

若く才気にあふれた次代の指導者として、ハーフィズは国民の信望を集めているようだ。日本人の瑞紀の感覚だと、まだ十九歳の王子など儀式用の飾り物にすぎず、実質的な行政は首相か誰かが行うのだろうと思っていたが、テレビのニュースや召使いたちの話からするとそうではないらしい。帰国したその日からハーフィズは病身の王に代わり、精力的に政務をこなしている様子だった。

ムウニスをはじめとする召使いたちの目からは、ハーフィズに囲われた瑞紀が、素晴らしい幸運を手にしたシンデレラボーイに見え、ふさぎ込んでいるのは単なるホームシックと思われているようだ。

(僕は男だ。同性愛の傾向は持ってない。無理矢理相手をさせられてるのに幸運なものか。ましてハーフィズに忠実に仕えるなんて……絶対に無理だ)

一度カシムをつかまえ、日本へ帰してもらえないかと頼んでみたこともある。

カシムは瑞紀が誘拐された時にリムジンを運転していた中年男だ。ハーフィズが幼い頃から守り役として仕えてきた、一番の側近だという。彼は多くの国をめぐってきたようだし、先進国の常識を理解しているだろうと思い、相談を持ちかけたのだが——一笑に付された。

『ご冗談を。ミズキ様がいなくなれば、どれほど殿下ががっかりなさることか』

『しかしイスラム教では同性愛は重罪じゃないのか？』

瑞紀にはあまり宗教的知識はないが、飲酒や同性愛が禁じられているとは聞いたことがあった。

『その通りです。……表向きは』

『表向き？』

『ミズキ様の母国、日本では賄賂《わいろ》は犯罪とされておりますな。そして不倫は犯罪ではないにせよ、表沙汰《おもてざた》になれば非難される事柄……何代か前の日本の首相は、それが原因で退陣したと聞いております。ミズキ様は賄賂や不倫に関し、日本の政治家は全員清廉潔白だと信じておいでですか？』

『……』

そんなことはない。どうせ多少の汚職はしているだろうとは思っていても、表沙汰になららない限りは曖昧に流されてしまう。それと同じでこの国では、同性愛もこっそり行われているのだと、カシムは説明した。

『宗教上の理由で男女の区別が厳しく、女性と接する機会が少ないのです。この離宮の召使いも皆、男ばかりでしょう？』

『そうだけど……』

『それだけに暗黙の了解というものがあります。表沙汰にならない範囲でなら、誰も厳しく咎めはしないのですよ。問題にはなりません』

『つまり僕を日本へ帰してはくれないということか』

『何がご不満で、日本へ帰りたいとおっしゃるのです？　殿下はミズキ様が望めば、どんな贅沢でも聞き入れてくださるでしょうに』

『僕は贅沢なんかしたくない。……いや、それより石油を輸出して得た利益は国民のものだろう。王子が私物化して、愛人に贅沢させるために無駄遣いするのはよくない。止めるのは側近の義務じゃないか？』

ハーフィズに思いとどまらせるための口添えを頼みたくて訴えたのだが、カシムは笑って首を振った。

『殿下の財産は殿下自身が得られたものです。石油輸出による富を元手にしておいでですが、資産を運用して何倍、いえ何十倍にもお増やしになったのは殿下の手腕でございます。投資で得た利益のごく一部を、ご自身の楽しみのためにお遣いになるだけのこと。ほとんどは産業の振興や環境整備、医療や教育制度の充実などにあてていらっしゃいます』

『まさか、あの若さでそんなこと……あ、でも、そうか……』

反論しかけたものの、たった一ヶ月の留学でハーフィズが見事な日本語を駆使していることを思い出し、瑞紀は口をつぐんだ。言語方面以外にも、彼は桁外《けたはず》れな能力を持っているのかもしれない。王子という身分柄、能力を伸ばす気になれば優秀な教師や最適な環境を整えられたはずだ。

内心が顔に出たのか、カシムが自慢げに頷いた。

『殿下は素晴らしい頭脳をお持ちです。本気で学ぶおつもりになれば、どんな分野でも一流の研究者にして実行者におなりでしょう。殿下を第一王子に頂くことができたのは、我々ナファド国民にとって大いなる幸せです』

声には明らかな尊崇の響きがあった。誘拐や暴行などの犯罪をやらかしたところで、カシムにとってハーフィズが唯一絶対の存在であることに変わりはないらしい。

『十三歳で母君を亡くされて以来、殿下は父君たる国王陛下を助けて国政をよりよきものにすることに、情熱を注がれるようになりました。……無論、まだお若いので多少無分別なお遊びはなさいますが』

『側近なら彼を止めてくれ、無分別だってわかってるんだろう？　……っていうか、未成年に国家権力を持たせるのはやめようよ』

無分別の結果が、自分の今の境遇だ。それを思ってげんなりした瑞紀に、カシムは咳払《せきばら》いをしてつけ加えた。

『ミズキ様にはお気の毒ですが、重責を負っていらっしゃる殿下がストレスを発散できる環境を整えるのも側近の役目でして。……殿下は自分に従う者に対しては、決して無慈悲な方ではございません。過去の愛人と別れる時には、充分なお手当を施しております』

『そんなものは要らない。僕は日本へ帰りたいんだ。急に失踪《しっそう》して、家族や友達がどんなに心配しているか……』

『さようですな』

『そう思うのなら、僕を日本へ帰すようハーフィズを説得してくれ。外国人を誘拐したなんて知れたら、彼の立場だって危険になるだろう』

カシムが首を振った。

『その点に抜かりはございません。ミズキ様が車に撥《は》ねられたという嘘の情報を、警察へ知らせておきました。撥ねた車の運転手が、ぐったりして動かないミズキ様を車内へ運び込んで走り去るのを見たと……ミズキ様のバイクや履いていた靴で、それらしい痕跡《こんせき》を残してあります。おそらく警察は、ミズキ様を轢《ひ》き逃げした犯人が死体をどこかの山林へでも埋めたものと思って、見当違いの場所を探していることでしょう』

『なんてことを……家族や友達が、どんなに心配してると思うんだ』

出会ってから拉致されるまでわずか一日、その間にそんな周到な工作がなされていたとは思わなかった。

『しかしこれは、ミズキ様が帰国なさる時のことを考えての策なのですよ。轢き逃げされて行方《ゆくえ》不明ということにしておけば、お戻りになった時の面倒が減るはずです』

『帰国させるつもりなんかないくせに』

『こう申してはなんですが、殿下が一人の方と長続きしたことはないのです。一度きりの交渉で飽きてしまわれたり、長くても数ヶ月でした。今この離宮にミズキ様以外の愛人がいないことを見ても、おわかりでしょう？　留学前にすべて清算なさったからです。殿下のお気持ちが変われば、ミズキ様はすぐにでも帰国できます』

『本当に？　数ヶ月で？』

　終わりが見えているのなら、まだ耐えられる。

『殿下のお気持ちが変わるのをお待ちください。その後は日本へお帰りになり、交通事故で今まで記憶喪失になっていたとでもおっしゃればよろしいかと』

『苦しい言い訳だけど、他になさそうだね……』

　解放してもらうことを諦めた瑞紀に向かい、カシムはなだめる口調でつけ加えた。

『お怒りはごもっともです。しかし殿下は容姿も頭脳も優れた素晴らしいお方です。その方がミズキ様を愛し、望む物はなんでも与えるとおっしゃっているのですよ。……慣れない環境で不安になっていらっしゃるのでしょうが、今の状況は望んでもめったと得られぬもの。ご自身の幸運をお考えください』

　カシムもムウニス同様、ハーフィズ崇拝派らしい。瑞紀の味方はいなかった。

（ハーフィズは僕に何をさせたいんだろう。体ならもうとっくに手に入れたのに）

思い当たるのは、彼が自分を拉致することに決めたきっかけ——『君からは何ももらいたくない、すべて忘れたい』と叫んだ言葉だ。それまでは名残惜しそうにしながらも解放するつもりだったのに、あの一言でハーフィズは気分を害し、自分を虜囚《りょしゅう》にしようと決めた様子だった。

（他人から……それも僕みたいな一般庶民から拒否されるなんて経験はなかったのかもしれない。だから腹を立てたのか？）

ならば彼に心服したふりで『愛している』とでも言えばいいのだろうか。しかし自分は芝居が下手だ。小学校の時から、台詞を覚えるのは得意だが演技力がまったくないため、学芸会ではナレーターの役と決まっていた。ハーフィズに向かって『好きだ』などと言ってみたところで、間違いなく嘘だとばれる。その点は自信がある。

（だって『愛してるから君とは別れたい。日本へ帰らせてくれ』なんて、筋が通らないじゃないか。矛盾を突かれてすぐ見破られるよ）

それに他のことならともかく、『好きだ』という嘘は気が引ける。嘘の中でも、最低の嘘だと思う。

（どうしたらいいのかな、僕は……）

温かな湯に身を浸したまま、瑞紀は再び深い溜息をついた。鼻孔をくすぐるオレンジの香りは甘く優しかったけれど、心は晴れなかった。

翌日の昼過ぎ、瑞紀は一人で庭園にいた。召使いが部屋の掃除をする様子だったので、気を利かせて外へ出たのだ。とはいえ部屋を出ても、行く場所もすることもない。

だから庭でぼんやり休んでいた。

昼の日差しは日本とは比べ物にならないほど強いが、湿度が低いため日陰は心地よい。離宮の中庭は灌水《かんすい》システムが完備しているため、地面は芝生《しばふ》に覆われ、花壇には花が咲き乱れている。四阿《あずまや》や噴水なども配置されていて、木陰に座っているとここが砂漠の国だということを忘れ、日本の公園にいるような気分になる。

(帰りたいなあ……)

政務に忙しいハーフィズは離宮を留守にしていることも多い。

軟禁されてからしばらくは、体の疲労と心の鬱屈《うっくつ》が強すぎて、何をしようという気にもならなかった。そのうち、なんとか逃げ出せないかと散策のふりで庭へ出たり、裏口を捜したりもしたが、すぐに警備の兵が現れるため脱出は不可能だとわかった。考えてみれば、たとえ離宮から出たところで自分は金もパスポートも持っていないし、この国の地理にも不案内だ。日本の大使館がどこにあるのかさえ知らない。これでは日本へ帰れるはずはない。

自分はハーフィズにすがるしかない身になったのだ。

(……って、だめだ。王子だろうとなんだろうと、彼は最低の犯罪者じゃないか。強姦魔の

誘拐犯だ。すがってどうする）

崩れかけた心を立て直そうと、瑞紀は自分で自分の頬を軽く叩《たた》いて気合いを入れた。

「ミズキ様、一人で何をなさっているんです？」

いつのまにか、銀盆を手にしたムウニスが中庭へ来ていた。不思議そうな顔で問いかけてくる。

「ご自分の顔を叩くのは日本の風習ですか？」

「あ、いや、そうじゃなくて……あはは。それより何か用？」

妙なところを見られてしまったのが照れくさく、笑ってごまかした。ムウニスはグラスが載った銀盆を差し出してきた。

「喉が渇いていらっしゃるかと思いまして。お飲み物をお持ちしました」

「ありがとう」

日本と違って空気が乾燥しているため、すぐに喉が渇く。グラスに入っているのは、果物の細片と氷を浮かせた甘いお茶だった。初めて飲んだ時に甘さに癒される気がして、『とてもおいしい』と言ったせいか、いつもいつもこれを持ってきてくれる。糖分の取りすぎにならないかと少し心配だ。

（飲み物だけじゃなく、デザートも甘いんだよな。イスラム教はアルコール類が禁止だそうだから、反動で甘い物に偏るんだろうか。だとしたら糖尿病や高脂血症の発症率は……）

つい自分の専門分野のことを考えてしまうのも、時間をもてあましているからだろうか。

ムウニスに尋ねてみた。

「ここには英語の雑誌や本は置いてないかい？」

「雑誌くらいならありますが……」

「だったら貸してほしい。することがなくて、退屈なんだ。召使いの仕事がない人は、ここでは何をして時間をつぶしてる？」

「そうですねえ。今まで殿下がここに住まわせた方々は……えーと、外出なさらない時は、お化粧の研究や、仕立屋や宝石商を呼んで新しい服やアクセサリーを作らせたり……」

瑞紀は肩を落とした。どれも自分の趣味ではないし、そんなことをしていたらますますハーフィズに飼われる生活になじんでしまいそうだ。

「本か、パソコンがほしいなあ……」

研究の続きができれば退屈することなどありえないのにと思いつつ、瑞紀は甘いお茶を飲み干した。

その時、建物の方から何か騒がしい気配が響いてきた。ハーフィズが帰ってきたのだろうか。別にそれまで召使いが仕事を怠けているわけではないだろうが、主人である彼が帰ると、離宮全体がいつもなんとなく騒々しくなる。

「予定より早くお帰りになったみたいですね。ミズキ様、お出迎えなさいますか？」

「……いいや。ここにいる。別に必要ないと思うし」

「ミズキ様は私たち召使いにはお優しいのに、殿下にだけは頑《かたく》ななのですね……お出迎えになれば、きっと殿下がお喜びでしょうに」

困ったように眉根を寄せるムウニスに向かい、瑞紀は苦笑して首を振った。

ハーフィズは瑞紀の気持ちなど意に介さない。玩具《がんぐ》のように扱われている自分が、なぜ彼を喜ばせるため心を砕く必要があるだろう。

空のグラスを銀盆に載せてムウニスが下がっていったあとも、瑞紀は座ったまま動かなかった。これ以上庭にいてもすることはないのだが、出迎えを勧められたことで、意地になっていた。

だがそのうち気がついた。ハーフィズの帰邸にしては様子がおかしい。建物の表側から中庭の方へと、何か言い合うような響きが近づいてきた。早口のアラビア語なので意味はわからないが、今まで聞いたことのない声が混じっている。

誰だろうと思う間もなく、白いアラブ服をまとった人影が、建物の戸口から中庭へ踏み込んできた。瑞紀をまっすぐに見据え、眉を吊り上げて何か叫ぶ。

剣幕に押されて立ち上がった瑞紀は、ぽかんとして声の主を見つめた。
十五、六歳ぐらいか。白い顔はアラブ人種のものではなかった。髪は金色で瞳は青い。ヨーロッパ、それも北欧の血を感じさせる美少年だ。ただし着ている物は、金糸銀糸の刺繍や宝石のボタンをあしらった贅沢なアラブ服だった。相当高貴な身分らしい。
瑞紀が黙っているのが気に入らないのか、少年は一層表情を険しくしてまくし立てた。しかし何を言われているのかまったくわからない。瑞紀は英語で話しかけてみた。

「もしわかるのなら英語で話してくれないか？　僕は日本人で、アラビア語を知らないんだ。英語なら日常会話は大丈夫だから」

「日本人⁉」

通じたらしく、少年は英語で叫んだ。しかし機嫌はますます悪くなったようだ。

「アラビア語も話せないくせにどうしてここにいるわけ⁉　よその国を訪ねるなら、言葉の勉強をしておくのが礼儀だろ！」

「そう言われても、ハーフィズが僕を無理矢理……」

「なんで兄様を呼び捨てにしてるんだよ！」

「兄様？　ってことは……兄弟？」

「そうだよ！　第四王子のサリームだ‼　ボクは兄様の弟だから、いつでも好きな時にこの離宮へ来ていいんだからな！　お前はなんなんだ⁉」

なんなんだ、と問われると非常に困る。男なのに無理矢理愛人にされ日本から連れてこられたなど、みっともなくて言えない。

口ごもったまま答えずにいると、サリームは舌打ちをしてムウニスに向き直った。アラビア語で問いつめているようだ。ムウニスが困った顔をしている。相手が王子なのでむげにもできないらしい。うつむいて、ぼそぼそと何か言った。

振り返ったサリームの顔には軽侮の表情が浮かんでいた。

「ふうん。……男妾《だんしょう》かぁ」

「！」

瑞紀自身の意志がどうあろうと、今の境遇に身を置いている以上、他人の目からは男妾にしか見えないのだ。そう思い知らされて羞恥と屈辱に全身が熱くなった。

ムウニスが気兼ねするように瑞紀とサリームを見比べ、英語で説明をした。

「サリーム殿下。そんなことは申し上げておりません。ミズキ様は男妾などではなく、日本の大学で研究をしておいでだった時に、ハーフィズ殿下とお知り合いになったそうです。殿下が日本からわざわざお連れになった方なんですよ？」

「ふん。なんの研究だか……最近は多いんだろ？　素人のふりをして気を引くのがさ」

「なんということをおっしゃいますか」

「仮に研究者だったとしても、今は兄様に囲われてるじゃないか。兄様の身分を知ってお金に目がくらんだんだよ。そうでなかったら、アラビア語も話せないくせに極東からここへ来るわけがないもの。……その服を見たら、上手に兄様にたかってるみたいだね。いくらぐらいむしり取ったら満足するわけ？　アメリカドルで五十万？　それとも百万？」

「……君は誤解しているよ」

冷静さを失ってはいけない。相手は子供だ――そう自分に言いきかせ、瑞紀はサリームに向かって話しかけた。

「僕は望んでここへ来たわけじゃない。お金なんかほしくはないし、ハーフィズに勝手に連れてこられただけだ。信じられないなら、彼に訊《き》いてくれればわかる」

「へーぇ。そうやって、ボクの口からも自分の無欲さをアピールさせようってわけ？」

「な……」

「うまいねぇ。そうだよね、最初に百万ドルほしいって言っちゃったら百万ドルしかもらえないけど、『何も要らない』って言い続ければ『百万じゃ足りないらしい、二百万なら喜ぶか、それとも三百万か』って思わせることができて、兄様からたくさんお金を引き出せるもの。ボクまで巻き込んでアピールに使おうなんて、やることが違うね」

瑞紀は呆気《あっけ》に取られた。

「邪推はやめてくれ。僕は本当に、日本へ帰してほしいだけなんだ」

「またまた。……兄様の愛人が考えることなんてみんな一緒だよ。お金や権力が目当てに決まってるんだ。ボクにはわかってるんだから。騙《だま》されるもんか」

声音には軽侮の響きが混じり、青い瞳は憎悪をたたえている。

瑞紀は理解した。サリームの頭には最初から『兄の愛人はこういう奴だ』という、悪いイメージができあがっているのだろう。先入観で歪んだレンズを通して見ているようなものだ。自分が口にするどんな言葉も、悪いイメージを補強する形でしか受け止めてはもらえない。

（言うだけ無駄か……）

徒労感を覚え、瑞紀は溜息をついた。それを諦めの表明と取ったか、サリームが肩をそびやかす。

「ふん。ボクにはお見とおしだよ。兄様の愛人はお金をたかることしか考えてないんだ。…

…それにしても兄様、どうしちゃったのかな。今まで離宮に住まわせた愛人に比べたら、一段落ちるね」

「……」

「兄様なら世界中の美男美女、どんな相手でも選《よ》り取《ど》りみどりなのになぁ。なぜこんな、どこにでもいそうな東洋人を……きっとすぐ飽きるんだろうけどさ」

遠慮のない言い草だが、瑞紀に返す言葉はなかった。

確かに自分はアラブの王子がわざわざ日本から連れてくるほどの人物には見えないだろう。容姿や頭脳が優れているわけでもないし、真摯《しんし》な愛情を捧げているわけでもない。自分のどこをハーフィズは気に入ったというのか。彼の気まぐれに翻弄《ほんろう》されて中東まで連れてこられたかと思うと、惨めになる。

「なんだよ。魂胆がばれちゃったらボクには用はないって？　お高く止まっちゃって。薄汚い男妾のくせに。お前なんか……」

黙っている瑞紀に苛立《いらだ》ったのか、サリームが居丈高に言いつのった時だ。

「サリーム！」

厳しい叱声《しっせい》が轟いた。

声の方に目をやると、中庭の出入り口に険しい表情のハーフィズが立っている。背後には影のようにカシムが控えていた。サリームが怯えた顔になり、口をつぐんだ。

近づいてきたハーフィズは、ものも言わずサリームに平手打ちを喰らわせた。サリームの細い体があっけなく地面に倒れる。

瑞紀は驚いて叫んだ。

「ハーフィズ⁉　そんな乱暴な……」

「手加減はした」

一言答えて、ハーフィズはサリームへと歩み寄った。さらに殴るつもりだろうか。止めようと思ったが、瑞紀のそばへカシムが素早く移動し、片腕を上げて制した。

「ミズキ様。どうか、殿下のなさることをお邪魔なさいませんよう」

低く抑えた口調につられ、瑞紀の反論まで小声になる。

「でも殴るなんて……」

「殿下はご自身のなさることをちゃんとわかっておいでです。ご心配は要りません。サリーム殿下が、お怒りを買うようなことをなさったせいです。この国にはこの国の秩序がございます、どうぞお気になさらず」

カシムの厳然とした主張で、瑞紀は止めに入れなくなった。ムウニスも動かない。

幸い、ハーフィズがそれ以上サリームを殴ることはなかった。手をつかんで引き起こしてやっている。ただし表情の険しさはそのままだ。弟にかける言葉はアラビア語で瑞紀には意味がわからなかったけれども、口調からすると叱責しているらしい。

サリームは打たれた頰を押さえ、涙目で何か抗弁した。それでもハーフィズの表情はやわらがなかった。

（言葉の中に『ミズキ』って音が混じってるし、きっと僕のことを話題にしてるよな……）

どうしていいのかわからず瑞紀は、カシムとムウニスを見やった。彼らには二人が何を話しているのかわかっているはずだ。しかしカシムは無表情のままだし、ムウニスは困惑顔で首を左右に振ったにすぎない。

やがてサリームは口をつぐみ、悔しそうな一瞥《いちべつ》を瑞紀に投げた。身をひるがえして、そのまま走り去ってしまう。

ハーフィズが瑞紀に向き直った。何かの合図があったのか気を利かせたのか、カシムがムウニスを促して庭を出ていく。二人きりになった。

「不愉快な思いをさせたな」

「聞いてたのか」

「サリームの声は甲高いから、庭へ出てくる前から聞こえていた。よく叱《しか》っておいた。二度とお前を侮辱するようなことは言わせない。機嫌を直せ」

金目当ての男妾扱いをされて、いやな気分になったのは確かだ。けれども正直に言えばハーフィズはまたあの少年を叱るだろう。それは告げ口のようで気が進まない。

「怒ってはいないよ。会って突然言われたから驚いただけで。……君があの子を叩いたのにはもっと驚いたけど」

「サリームはお前を傷つけるとわかっていて、わざと言った。叱るのは当然だ」

当たり前のように言われると、心が波立つ。ハーフィズは自分を屈服させたいだけのはずだ。自分の気持ちなどどうでもいいはずなのに、なぜかばうのか。

「あの子、君の弟って言ってたけど……」

「ああ。サリームという。父の第四夫人の子だ。父が北欧を旅行中に現地の女性を見初めて連れ帰ったんだが、彼女はこの国の暮らしになじめなかったらしい。サリームを置いて帰国してしまった。……後ろ盾のない身では、どうしても他の弟たちに比べて王宮での扱いが悪くなる。不公平だからかばっていたら、なつかれた」

サリームが自分に向けた眼差しを思い出し、瑞紀は心の中で納得した。あれには嫉妬《しっと》が混じっていたのかもしれない。他に頼る者のないサリームにとって、兄の心が少しでも自分以外の誰かに向くと不安で仕方がないのだろう。

（心配することないのに。ハーフィズは僕の気持ちなんか少しも考えていない。力で従わせて支配しようとしてるだけだ。飽きたらすぐ放り出すに決まってる）

そこまで考えて、ふと引っかかった。

何々に決まっている、こんな考えに違いない――自分はたった今サリームにこう決めつけられて、不快を感じたのではなかったか。それでいてハーフィズのことになった途端に、彼の考えはこうに違いないと決めつけるのは、間違ってはいないか。

（いや、だってハーフィズには前科があるし……無理矢理僕をレイプして、日本からここまで拉致してきたんだ）

ハーフィズに自分への気遣いというものが少しでもあるなら、あんなことができるはずはない。自分が許さないのは当然だ。

そう思おうとしたが、自分がサリームにされて不快だったことを、ハーフィズに対してしているると気づいてしまった以上、後ろめたさは増すばかりだった。

ムウニスやカシムはハーフィズを心から崇敬している。彼にはそれだけ他人を惹きつける要素がある。自分には感じ取れなくても、いい面を持っているはずだ。許せないことをしたからと言って、ハーフィズの人格すべてを全否定してよいものだろうか。

(暴力はよくないけど、僕をかばうためにサリームをひっぱたいた。カシムやムウニスが言うように、ハーフィズなりのやり方で僕を大事にしているのか? いや、でも僕の気持ちは無視されているわけだし……)

一方的な決めつけはしたくないが、それでもやはりハーフィズの行動を肯定することはできない。

黙っている瑞紀の心中を勘違いしたのか、ハーフィズはきっぱりと言った。

「サリームはきつく叱っておく。二度とお前を侮辱させない。お前がいやなら、ここへ来ることも禁じよう」

「そこまでしなくていいよ。今、サリームには後ろ盾がいないって言ったじゃないか。寂しがって君に会いに来るんだろう? 止めては可哀相だ」

「あんな侮辱を受けたのに許すのか」

「子供の言うことだから……気にしてないよ。僕が今、君に囲われているのは事実だしね」

自嘲《じちよう》混じりに呟くと、ハーフィズは困ったように眉根を寄せた。

「やはり怒っているんだな」

「別に」

「サリームには近づくな。あれは少々ヒステリックな面があって、私を独り占めしたがってすぐ癇癪《かんしやく》を起こす。他の弟たちに対してもそうだ。そういう態度は改めるよう何度も言いきかせているんだが……」

「近づくなも何も、僕は連れてこられて以来ずっと、ここに閉じこめられてるんだ。自分ではどうしようもない」

サリームによって傷つけられることは防ごうとするのに、ハーフィズ自身が瑞紀に何をしているかについては棚上げなのだろうか。そう思うと口調が皮肉になった。

内心の不満はすぐに伝わったらしく、ハーフィズの声がとがった。

「私の管理が行き届かないという意味か？　だからさっき、サリームにはここへ来ないよう命じてもいいと言っただろう。それを断ったくせに、なぜ不満を言う。私は忙しい。いくらお前が愛おしくても、ずっとそばについているわけにはいかないんだ」

「愛おしい？」

ぬけぬけと言われて、瑞紀の胸に怒りがこみ上げた。自分の意志を無視して無理矢理に犯し、脅迫してこの国へ連れてきたくせに、なぜ『愛おしい』などという言葉が出てくるのか。言葉を飾らず正直な分だけ、サリームの方がましだとさえ思える。

瑞紀は捨て鉢な気分で言った。

「僕のことは気にしなくていいよ。好きなだけ政務に没頭してくれ。会えなくても、僕は全然構わない」

「……拗ねているのか、それとも本気か？」

「心の底から思ってる。君抜きなら、監禁生活もまだ我慢できそうだ」

売り言葉に買い言葉で、口争いがヒートアップしていく。けりをつけたのはハーフィズだった。

「本心かどうか、体に訊いてみるとしよう」

言うなり、セメント袋でも運ぶかのように、瑞紀の体を肩に担ぎ上げた。

「な、何をするんだ⁉　下ろせ！」

叫んだものの、ハーフィズが自分に何をするつもりかは今までの経験でよくわかっている。召使いたちが決して止めてはくれないことも、自分がわめこうが暴れようが無駄だということも。

ハーフィズの行き先は、離宮の一番奥にある彼自身の寝室だった。ベッドに瑞紀の体を放り出し、乱暴に挑みかかってくる。

「よせっ！　違うだろう、そういう話をしてたわけじゃ……‼」

「お前が嘘をつくからだ」

「僕は嘘なんか……待て、やめてくれ！」

長衣が引き裂かれ、むしり取られる。ズボンも下着もすべて脱がされた。全裸にした瑞紀を仰向けに転がし、自らも衣服を脱いだハーフィズが覆いかぶさってきた。

「い、いやだっ……やめ……ん、うぅっ！」

瑞紀は呻いた。内腿を撫で回す手や、乳首をくすぐるようにつつく舌先が、否応なしに体をほてらせていく。

「どうした？ 瑞紀は私などいない方がいいのだろう？ だったらそんな相手に触れられて、感じるはずはないな。もし反応したら、お前は大嘘つきか、誰が相手でも構わない淫乱ということだ」

「違……違う、そういう……ひぁっ！」

不意打ちで肉茎を握られ、瑞紀は悲鳴に似た声をあげた。

夜毎《よごと》の愛撫に慣らされた体は、瑞紀の意志になど従わない。舌先で弄ばれた胸の突起はたちまち硬くふくらみ、下腹部には熱い血が集まり始める。

「あ、ぁっ……よせ！ やめて、く……っ！」

ハーフィズの手をつかんで自分自身から引き剥《は》がそうとしたが、無駄だった。いったんは離してもらえたものの、今度は両手首を一まとめにつかまえられてしまった。抵抗を封じられた格好だ。

空いた片手と舌を使って、ハーフィズは瑞紀の裸身を好きなように弄び始めた。

「いやだっ！ や、ぁ……頼む、もうやめ……あぁぁっ!!」

ハーフィズが香油の壜を手に取り、瑞紀の後孔をほぐし始めた頃には、反応は隠しようがなくなっていた。左右に大きく拡げられた脚の間に、熱く昂ぶり雫をにじませる自分自身を晒しているのが、恥ずかしくてたまらない。

しかも後孔に指が侵入してくるたび、瑞紀の意志とは無関係に肉茎はびくびく震え、一層蜜をしたたらせる。

固く目を閉じている瑞紀の耳に、笑いを含んだ声が聞こえた。

「大した体だな。もっとほしいというように、指を締めつけてくる。それにこっちはもう、触らなくても後ろからの刺激だけで達しそうだ」

「くっ‼」

昂ぶりきった先端を指ではじかれ、瑞紀は呻いた。

「私に触れられてこんなに素直に反応するくせに……嘘つきな口には罰を与えてやらなければならないな。だがその前に、正直に私がほしいと言っているここに、褒美をくれてやる」

手首をつかんでいた手を離された。だが褒美という言葉には似合わない暗い愉悦をハーフィズの声音に感じる。

目を開けた瑞紀は、息をのんだ。

ハーフィズは今にも暴発しそうな瑞紀自身をつかまえ、その根元に絹の細紐《ほそひも》を巻きつけようとしていた。そんなことをされたら、締めつけられて射精できなくなる。

「よ、よせ！　やめてくれっ！」

「褒美だと言ったろう。快感が長く続くようにしてやる、喜べ」

「いやだ！　頼む、離してくれ……!!」

瑞紀が手を伸ばして止めようとした途端、根元に巻いた紐をきゅっと絞られた。

「くうっ！」

瑞紀はのけぞった。その間に上の方まで紐を巻きつけられてしまった。それも上下にこするように動かしたり、わずかにゆるめてから引き絞ったりされた。絹紐の摩擦は熱を帯び、快感を通り越して痛い。さらに強く締め上げられたらと思うと、体がすくんでしまって、もう手を出せなくなった。

「やめてくれ、こんなの……あうっ！　あ、ぁーっ!!」

何度も悲鳴をあげる瑞紀を見下ろし、ハーフィズは呟いた。

「お前が正直になれば、許してやる」

「正直、って……」

「私が必要だと言え。愛されて嬉しい、自分も好きだ、愛していると……この敏感な体と同じように、素直になればいいだけのことだ。どうなんだ、瑞紀」

望む答えを返せるわけがなかった。

「君は僕を、本当の嘘つきにしたいのか……？」

言葉の意味は正しく伝わったらしい。ハーフィズの瞳に刃物を思わせる鋭い光が走った。

「その生意気な口は、どうしても罰がほしいらしい」

肩をつかまれ勢いよく引き起こされた。そのまま押されて瑞紀は、あぐらをかいたハーフィズの前に倒れ込んだ。目の前には、逞しい牡がそそり立っている。

罰の意味を理解して、瑞紀は必死に首を横に振った。

だが髪をつかまれ、顔を固定されてしまった。頬や顎へ嬲るように屹立《きつりつ》を押しつけられたあと、唇にあてがわれる。

「ん……ん、ふぅっ……」

口で奉仕した経験などなかったが、これ以上逆らっても無駄だと悟った。瑞紀は口を開き先端を口に含んだ。先走りの味が苦かった。

舌を表面にすべらせてみたが、それだけでは気に入らなかったらしい。

「やり方を知らないのか？　ああ、そうか。お前にとっては私が初めての男だったな」

髪をつかんだハーフィズの手が乱暴に動く。喉の奥に届くほど押し込まれた。

「ん、むっ……ううっ！　んっ‼」

「手伝ってやるから覚えろ。頭ごと動かして、唇と頬の内側で刺激するんだ。……舌を休めるな」

「んっ、ぅう……」

涙が出てきた。

無遠慮に頭を揺さぶられ、首ががくがくして壊れそうだった。そそり立った怒張は大きすぎて、深々と突き入れられるとむせそうになる。

縛《いまし》められた瑞紀自身は、硬く熱く昂ぶりきっているのに、きつく何重にも締め上げられて達することができない。苦しいし、痛い。濡れそぼった先端がシーツにこすれるたび、気が狂いそうな苦痛が下半身を支配する。

手は自由だが、紐をほどくことはできなかった。そんなことをすればハーフィズはきっと両手をも拘束し、性器を今よりも手ひどいやり方で縛り上げるだろう。

「う……んぅっ、ふ……」

喉と下半身からの苦痛に侵食されて、意識が濁っていく。

早く終わってほしい——そのことしか考えられない。瑞紀は必死で、自分の口を犯す牡に舌を這わせ、先走りをすすった。

なめらかな先端、血管が浮き出た竿《さお》の部分、あるいは鰓《えら》の裏側まで、とがらせた舌先でなぞり、あるいは舌全体を押しつけて舐め上げる。自分の唾液とハーフィズのしたたらせる先走りが混じり合い、口全体に広がる。

口に含んだ牡がますます大きく、硬くなっていく。顎の関節がどうにかなりそうだ。

息をはずませ、ハーフィズが言った。

「上手になってきたじゃないか。覚えが早いな。……いいだろう、努力に免じて終わらせてやる」

髪をつかんでいた手が、瑞紀の頭を下腹部へ押しつけるのをやめ、逆に後ろへ引いた。

「んっ……!!」

口に含んでいた牡が、勢いよく抜ける。

次の瞬間、瑞紀の頬や口元に熱い液体がかかり、視界が真っ白になった。

「……っ……」

瑞紀は喘いだ。

顔に浴びせられたのだ。眼鏡にまともにかかったらしい。前が見えない。べったりと口元に粘りついた液が気持ち悪くて、無意識に舐め取ると、舌に粘りと苦みが残った。だがそれ以上につらいのは、紐に縛められたままの昂ぶりだ。

白く汚れた眼鏡越しにハーフィズを見上げ、瑞紀は懇願した。

「早く、ほどい、て……」

「慌てるな。これは邪魔だな。お前の顔が見えない」

瑞紀の眼鏡を取り上げ、ハーフィズは無造作に床へ投げた。それでほどいてくれるのかと思ったら、そうではない。

「今度はこっちの口で奉仕してもらおう。せっかく香油を塗り込んだのに、無駄になってはお前も物足りないだろう？」

「あっ……う、うあぁっ！」

紐をほどこうとはせずに、ハーフィズは瑞紀の体を後ろから抱え上げる格好で、自分の膝に乗せた。尻に灼熱が当たる。一度放ったというのに、ハーフィズの牡は少しも硬度を失っていない。

「やっ……やめ、て……やめてくれっ、約束が違う……‼」

侵入から逃れようと、瑞紀は必死に身をよじった。今でさえ苦しくてたまらないのに、このうえ後孔に快感を与えられたら自分はどうなってしまうのだろう。

「約束？　私をイかせたらほどいてやるなどとは、一度も言わなかったぞ」

「あ……」

確かにそのとおりだ。

「意地を張らずに、私を愛していると言え。体と同じように素直になれば許してやる」

「……」

瑞紀は口をつぐみ、首を横に振った。

背後から舌打ちが聞こえた。同時に熱く硬い怒張が、前もって香油を塗られていた後孔へあてがわれる。瑞紀の脇に回して体を支えていたハーフィズの腕がゆるむ。瑞紀の腰が下りていく。

「あっ、や、やめ……あああぁーっ‼」

後孔に凄《すさ》まじい圧迫感を覚え、瑞紀は泣き叫んだ。

押し入られる。えぐり上げられる。

敏感なしこりをこすられた瞬間、頭の中が真っ白に発光した。背筋がそりかえり、足の指が攣《つ》りそうになる。

「ひっ……あ、ぁ……」

快感に耐えきれず、縛られたまま達してしまったらしい。出ることができなかった精液は逆流でもしたのだろうか。頭の中が白く溶けたようになっているけれど、気持ちいいというよりは、ただ苦しい。まともな言葉が出ない。

ハーフィズが背後から囁いてきた。

「イったのか？　好きでもない、いない方がましな男に抱かれて？」

「う……」

反論できない。する気力もなかった。ただ、熱く疼く自分自身がつらくて苦しくて、少しでも早く解放してほしかった。

「まだだぞ。入れたばかりだ、私はまだ満足していない」

勝ち誇った声で言い、ハーフィズが腰を揺さぶり上げる。達したばかりの体には、きつすぎる刺激だった。

「あ、ぁっ！　ひぁっ……ゆ、るし……あぁぅっ‼」

「許してほしいのだろう？　どうすればいいかは教えてやった。一言だ、たった一言ですむ。……言え、瑞紀」

ハーフィズの声が鼓膜に響く。

一言、『好きだ』と言えばこの苦痛から逃れられるのかもしれない。けれど——。

（いやだ。言えない）

自分が淫乱だとか、嘘つきだとか、貶《おとし》められるのはまだいい。愛を告げる言葉だけは、強制に負けて口にしたくはない。

「どうしても逆らう気か」

瑞紀が答えないのに苛立ったのか、ハーフィズが前立腺の裏を集中的に突き上げてくる。指先が乳首をつねり上げ、歯と舌が敏感な耳元を責め立てる。

また、頭の中が白く光る。

「あっ、あ……はぅっ！　ああ、ぁーっ!!」

涙をこぼし、とぎれとぎれの悲鳴をあげながらも、瑞紀は強制された言葉を口にしなかった。それがハーフィズを苛立たせ、なお一層激しく責められるとわかっていても——言えなかった。

いつの間に気を失ったのだろうか。

「瑞紀……瑞紀」

頬を軽く叩かれる感覚と、名を呼ぶ声に意識が戻った。まぶたを開けると、わずか四十センチほどの距離からハーフィズが自分を見下ろしている。

「ハー、フィズ……?」

「わかるのか」

ハーフィズは明らかにほっとした様子で眉間の皺を消し、呟いた。

「よかった。最初は、目を開けたまま気を失っていたんだ……死んだか、それとも気が狂ったかと思った」

気づけば細紐による拘束はほどかれていた。部屋には精臭が満ち、瑞紀自身の体にも白濁が粘りついている。

おそらく、望む言葉を口にしない自分に焦れて、あのあともハーフィズは滅茶苦茶《めちゃくちゃ》に責め続けたのだろう。気を失ったのを見て初めて我に返り、慌てたのかもしれない。意識を取り戻した瑞紀を見下ろす瞳には、安堵の色が浮かんでいるが、わずかな困惑と苛立ちも確かに混じっている。声にも詰問する調子が強かった。

「まったくお前は……気を失うほど責められて、それでもなぜ逆らう？　誰もが私に媚びへつらい、好きだ、愛している、ずっとそばに置いてくれとせがんでくるのに……瑞紀。なぜお前だけは言わない」

まただ――と思った。

なぜかハーフィズは、自分に愛情の表白を求める。体だけでなく心をも従わせようとしているようだ。

「力で屈服させて、言わせて……それで君は、満足できるのか？」

安堵の表情になっていたハーフィズが、再び苦しげに眉根を寄せた。しばしの間をおいてこぼれた声は、迷いに揺れている。

「わからない。だが今まで、お前のように強情な者はいなかった。皆、私にひれ伏すか、そうでなければ敵対した。お前は祈りを笑った学生を諌《いさ》め、私の味方をした。そのくせ、今は従わずに逆らう。だから苛立つ。なぜなんだ、瑞紀」

「そんなの……」

当たり前じゃないか、と言い返そうとした。

友達同士でも家族間でも、あることに関しては意見が一致し、別のことでは対立する。それが当たり前だ。ハーフィズには、敵か、さもなければ臣下という二極分化した人間関係しかないのだろうか。

だが言葉は続かなかった。途中で声がかすれ、咳《せき》が出てきた。顔にかけられた液体はそのまま生乾きになったらしく、こわばって口が動かしにくいし、口の中が粘つく。

ハーフィズが呟いた。

「もういい。とにかく先に体を洗え。召使いを呼んでやる」

「いや、だ。こんな格好、見せられるもんか……自分で……」

懸命に首を左右に振り、瑞紀は起き上がろうとした。精液まみれになった恥ずかしい姿を他人に見られたくない。

だが体がふらつく。

素早く手を伸ばして支えてくれたのはハーフィズだった。

「無理をするな。召使いは主人の世話をするのが仕事だ。どんな格好でも気にすることはない」

「僕は、気になるんだ。せめて体を洗い流すまでは、自分で……」

ハーフィズが溜息をついた。

「妙なところで頑固だな、瑞紀は。歩くどころか立てもしないくせに……仕方がない、私が風呂まで連れていってやる。それならいいだろう」

気を失うほど疲れさせたのは自分だという思いがあるのだろうか。ハーフィズは瑞紀を抱き上げ、ベッドから下りた。

その足元で、ぱきんと硬い音が鳴った。

「あ……」

いったん抱き上げた瑞紀をベッドに下ろし、ハーフィズは身をかがめた。

いやな予感がして瑞紀は目を凝らした。

思った通り、ハーフィズがつまみ上げたのは、行為の途中で投げ捨てられた自分の眼鏡だった。目を細めてできるだけ焦点を合わせると、フレームが歪んでいるのがわかった。音から考えて、きっとレンズも割れたはずだ。

ハーフィズが機嫌を取るような口調になった。

「わざと割ったわけじゃない。……そんなににらむな」

「にらんでないよ」

そんなつもりはないが、乱視入りの近視で眼鏡がないのは困る。差し出した手に載せられた眼鏡を見てみると、完全に壊れていた。

「これじゃ何も見えない。スペアはないのに」

「すぐに最高級のを作らせる。フレームは金かプラチナにしよう。飾りにダイヤをちりばめて……」

「そんな重い眼鏡をかけたら頭痛がする。軽いのがいいんだ」

「わかった。すぐ眼鏡屋を呼んで用意させよう。体を洗っている間に来るだろう。……だから、にらむなというのに」

にらんでなどいないが、気が咎めるらしくハーフィズにしては低姿勢だった。

瑞紀は溜息をついた。

「新しいのを作ってくれるなら、いいよ。わざと踏んだわけじゃないんだし」

「そうか。……考えてみれば、瑞紀が私に物をねだるのは初めてだな。なんでも希望を言え。最高級のを作らせてやる」

ねだると言われるとちょっと違うような気がしたが、しいて否定する必要もない。

ハーフィズに浴室へ連れていってもらったあと、自分で白濁を洗い落とした。そのあとは召使いを呼んだ。新しい服を身に着けるにも、寝室を通り抜けて続き部屋のリビングスペースへ戻るにも、眼鏡なしではおぼつかない。

やがてナファド王国では最高クラスという眼鏡店から、サンプルを携えた店長と技術者が呼ばれてきた。

瑞紀の視力は左右とも０・２だ。近視としてはまだ軽い方だが乱視が入っているため、日本の眼鏡店で作った時には二、三日待たされたこともある。しかしさすがに王宮の威力なのか、今回はその場で作ってもらえるらしかった。

それはいいが、なぜかすぐ隣にハーフィズが居座っていて、あれこれと口を出す。

「そんな地味なフレームでいいのか？　こちらの方が……」

面白そうに笑いながら、テーブルに広げられたサンプルの中から一番派手なデザインのフレームを選んで、瑞紀の顔にあてがった。

「……うん、やはり似合わない」

「遊んでるな？　真っ赤で太いまん丸フレームなんか、僕の顔に合うわけないだろう」

「そう言うな、壊した詫《わ》びに最高の物を作ってやろうと言うんだ。これはどうだ？　意外と似合うかもしれない」

「似合わないよ。普通のシンプルなシルバーフレームがいいんだ」

「単純すぎてつまらない。こういうのは……」

「宝石まみれの眼鏡なんか要らないったら！　そんなに言うなら君がかけろ！」

ハーフィズは、仮面舞踏会へでも行くのかというようなフレームばかりを選んで瑞紀の顔に乗せようとする。いい加減に腹が立ってきたので、奪い取って逆にハーフィズにかけさせたら、眼鏡店の店長や技術者、部屋の隅に控えていたムウニスたちが固まった。なんという無礼なことを――という視線が自分に集中してくる。

しかしハーフィズは機嫌のよさそうな顔で、声までたてて笑った。

「私は目は悪くないぞ」

「君が変なフレームばかり勧めるからだ」

怒っていない様子に内心でほっとしながら、言い返す。

「自分でかけて、鏡を見てみたらいい。変だって思うだろう?」

「思うが、お前は服も宝飾品もほしがらないからな。何かを買ってやる機会がなくて、つまらない」

瑞紀は当惑した。

もしやハーフィズは、自分の眼鏡を見立てることを楽しんでいるのだろうか。だがそんなことがなぜ面白いのだろう。

「どうした、瑞紀?」

「なんでもない。……フレームはこれにする。決めた」

「つまらん」

「シンプルな方が、視界の邪魔にならなくていいんだよ。かけてみたらわかる」

「ふむ?」

瑞紀の選んだフレームを自分でかけてみて、ハーフィズが首をひねる。

「確かに、さっきの太枠のとは見え方が違うな。……どうだ、私にも似合うか?」

くすっと笑ったハーフィズに向かい、眼鏡店の二人が賛辞を並べ立てる。

「それはもう。殿下のご麗容ならば、どんな眼鏡も映えますとも」

「先ほどのルビーをあしらったゴールドのフレームも華やかですし、このシンプルな物ですと殿下の知的な雰囲気がより一層引き立ちます。それに……」

「お前はどう思う？」

二人の賛辞を遮り、ハーフィズは瑞紀に問いかけた。さんざん褒められたのに、眉根が寄って不機嫌そうだ。

見え透いた世辞を言っても仕方がない。さんざん逆らっているのに、今更機嫌を悪くするようなことの一つや二つ、増えたところで変わりはあるまい。瑞紀はじっとハーフィズの顔を見たあと、首を横に振った。

「君の顔立ちだと、眼鏡はない方がいいと思うよ」

「お前は正直だな」

ハーフィズが苦笑を浮かべてフレームを外し、店長に視線を向けた。

「これを瑞紀と私の分、揃いで作れ。私の分は素通しのレンズにするんだ」

「はっ！　ただちにご用意いたします！」

眼鏡店の二人を案内してムウニスが出ていったあと、瑞紀は内心の当惑をそのまま口に出した。

「君は目がいいんだから眼鏡は必要ないだろう？　それに正直、似合ってもいない」

「お前は何歳の時に眼鏡をかけ始めた？」

「えっと、十歳だったかな。なぜ？」

「ならば十七年間か。それだけの時間、ずっと銀の枠で区切られた世界を見ていると、世辞を言わなくなるのか？」

「え……」

「眼鏡越しなら、私にもお前が見ているのと同じものが見えるようになるか？　お前だけは私の周囲にいる人間とは、違うものを見ているように思える。世辞を使わないし、平気で逆らう。だからといって敵愾心《てきがいしん》を持っているようでもない……わからない。同じ眼鏡をかけたら、お前のことがわかるようになるか？」

瑞紀は当惑した。

さっき見せた不機嫌な表情は、眼鏡店の店長たちが口にした世辞に対してのものだったようだ。つまり彼は見え透いた阿諛《あゆ》追従で気をよくするほど単純ではなく、むしろ周囲の度を越した低姿勢には苛立ちを覚えるらしい。今までは単に傲慢《ごうまん》な支配者としか思っていなかったが、また違う一面を知った気がする。

なんと答えればいいのかわからずに黙っていると、ハーフィズは片方の口角を引き上げて笑った。

「冗談だ。ただちょっと、同じ物を作ってみるのも面白いと思っただけだ。……それより、眼鏡の他にほしい物はないか？　あるなら言え。なんでも用意してやる」

今回はハーフィズ自身が『死んだかと思った』と言っていたほど荒々しいやり方だった。やりすぎたと、彼なりに反省しているのかもしれない。

(……そうだ)

昼間に考えたことを思い出した。

「研究資料がほしい」

「何?」

「ここでは何もすることがない。退屈でたまらないよ。公衆衛生学の専門書とパソコンを用意してくれないか」

「……」

「僕は男だ。君の今までの愛人みたいに、化粧やお喋りや衣装を見つくろうことで時間をつぶすのは、不得意なんだ。ここへ閉じこめておくのなら、せめて仕事をさせてくれ」

一番気が晴れるのはここから解放してくれることだが、それは言うだけ無駄だろう。

ハーフィズはあきれ顔になった。

「日本人というのはよくよくの仕事中毒だな。ここでは遊んで暮らせるというのに、なぜそれを享受しない?」

「何もしなくていいのと、何もするなと言われるのは違う。君なら平気か? 政務から一切手を引いて何もするなと命じられたとして、のんきに遊んでいられるか?」

ハーフィズが真面目《まじめ》顔で考え込んだ。

「ふむ。それもそうか。私なら耐えがたい。……今まで瑞紀のようなことを言い出した者はいなかったから、思いつきもしなかった」

それは多分、今までこの離宮に住まわせた愛人は皆ハーフィズを愛していたからだろう。彼のために自身を磨き、美しく装い、ハーフィズを楽しませ癒すことを至上命題にしていれば、他の仕事をしたいなどとは感じないのに違いない。瑞紀の母は専業主婦だったから、愛しい相手に尽くす女性の気持ちは理解できる。

しかし自分はそんなふうにはなれない。研究が好きなのだ。

「用意してもいいが、パソコンでの外部通信は許さない」

「統計や文書のソフトが使えればそれで充分だ。パソコンがだめなら、産業衛生学会や国際疫学会の会誌と辞書を揃えてくれるだけでもいい。バックナンバーを端から端まで読めば相当勉強になるし、時間もつぶせる」

「わかった。すぐに用意させる」

あっさりと許可が出たことに安堵して、瑞紀は大きく息を吐いた。これで明日からは、研究に意識を向けられる。ハーフィズがいつ戻るか、どうやって抱かれるのかに不安を抱くだけの日々ではなくなる。自我を保つことができそうだ。

「学会誌やパソコンで、そんなに嬉しそうな顔をするのか。瑞紀がそれほど真面目な研究者だとは知らなかった。日本の大学では何をしていた？　講師か？　助教授か？」

「まさか。肩書きも何もない、ヒラの研究員だよ。去年大学院を修了したばかりだ」

そう答えた途端に、ハーフィズはいいことを思いついたというように顔を輝かせた。

「ナファドにも大学はある。もちろん医学部もだ。公衆衛生学講座というのもあるだろうし、なければ作ろう。王室推薦で、瑞紀は客員教授になればいい」

　自信満々の表情は、この申し出を瑞紀が喜ぶに違いないと思っているせいらしい。瑞紀は溜息をついて首を横に振った。

「僕はまだろくに研究論文も書いてなければ学会発表もしていない。人に教える力のない状態で教授の地位なんて、重荷になるだけだ」

「教える必要などない。瑞紀は今までどおりに私の相手をして、空いた時間を好きな研究にあてればいい」

「ハーフィズ……飾りとして地位をほしがっている人間ならともかく、本気で仕事をしている者にはとても失礼なことを言っているのに気づいてないのか？　スポーツ選手に向かって、八百長《やおちょう》で勝たせてやろうと持ちかけているのも同じだよ。君なら嬉しいか？」

　声がとがっているのが自分でもわかったが、やわらげることはできなかった。ハーフィズに悪意はないのだろうが、あまりにも簡単に言われたので腹が立つ。

　たとえば八百長の申し出を受けた選手が、『金メダル』や『優勝者の称号』をほしいのなら喜んで受け入れるだろう。だがもしもその選手が、自分自身を高めたい、誰にも負けないだけの力をつけたいと思っているなら、八百長の提案は侮辱でしかない。

　言いたいことは正しく伝わったらしい。ハーフィズは気まずそうな表情になった。

「そうか。……いやか？」

「いやだ」

「そうだろうな。だがいったい、私はどうすればいい。何をしてやればお前は喜ぶんだ?」

「逆にこっちが訊きたいよ。僕を完全に支配しなきゃ死ぬとか世界が滅ぶとかいうわけじゃないのに。なぜ君は僕にこだわるんだ」

「それは……」

ハーフィズが何か言いかけた時、ドアを叩く音がした。

顔を覗かせたのはカシムだった。瑞紀に一礼したあと、ハーフィズのそばへ来てアラビア語で話している。やがてハーフィズが表情を引き締めて立ち上がった。

「王宮へ戻る。用ができた。瑞紀、眼鏡のできあがりが気に入らなかったら何度でも直させろ。……今夜はゆっくり休め」

最後につけ加えた一言は、目を開けたまま気を失うほども瑞紀を責めたことへの、詫びの気持ちだったのだろうか。ハーフィズはカシムとともに部屋を出ていった。

部屋には瑞紀一人が残された。

(アラビア語だからわからなかったけど、王宮へ戻るってことは緊急事態なんだろうな)

療養中だという国王の容態が変わったのか、それとも政治的な問題が起きたか。十九歳の王子は一国を背負っている。

それを思うと、ちょっと気の毒になった。

(まだ未成年なのに……僕が十九の時には、何をしてたっけ?)

医学部にこそ入っていたものの、何科に進むかさえまだ決めていなかった。目の前の試験やレポートを必死にこなし、合間の飲み会やカラオケが楽しみだった。

瑞紀の親は普通のサラリーマンだ。当然瑞紀には経済的な余裕がなかった。気の合う友達も大抵がそうだった。それでも若いから、遊びたい。合コンのためにバイト代をはたいて服を買いに行ったり、友達と行くスキー旅行を少しでも安く上げようと、パンフレットの山を前にみんなで検討したりした。ささやかで、でも真剣で、そして楽しい時間だった。

ハーフィズには多分そんな経験はないだろう。何々がほしい、と言えば即座に出てくるのに違いない。もしかしたら、言わなくても先回りしてさまざまな物が用意されるのかもしれない。

さらに、周囲の人間がハーフィズに過剰な崇敬を抱いているという問題もある。

『お前だけは私の周囲にいる人間とは、違うものを見ているように思える』

誰もがハーフィズの意を迎えようとする。彼の精悍な顔には眼鏡が似合わないことなど見ればわかるだろうに、さっきの眼鏡店の店長や技術者のように機嫌を損ねまいとして、事実を歪めてでも世辞を使う。

自分なら、あんな対応にはひどく苛立つだろうという気がした。

投げたボールが跳ね返ってこずに、スポンジのクッションで受け止められて、ぽたりと落ちるのを見るような気分だ。

(こういうのを、何かで読んだ覚えが……そうだ。菊池寛《きくちかん》の小説だ)

高校生の頃に読んだ小説を、瑞紀は思い出した。自分が武勇学問ともに優れていると思っていた若い大名は、家臣が試合で自分に恥をかかせないようにわざと負けていたことを知り、それ以後は自分自身の力も周囲の人々の言動も信じられなくなって、破滅への道をひた走っていった。

ハーフィズの境遇は、あの小説の主人公に似ている気がする。

（王子様だもんな……それも頭が悪ければともかく、あの年で病気の父親に代わって政治を切り回すほど頭がいい。臣下や国民が崇拝するのは当たり前なんだけど）

度を越せば、ハーフィズにとって決していい結果を生まないように思える。

（悪人ってわけじゃない。普通の……いや、普通とはかなりずれてるけど、とにかくまだ十九歳の若い子だ。心の底からねじ曲がってるわけじゃないんだ。よく話せば、わかってもらえるかも……）

そんな思いが頭に浮かんだ。

今まで自分はハーフィズを誘拐強姦拉致監禁の犯罪者と決めつけ——もちろん、実際にそのとおりのことをされているわけだが——解放しろという要求をぶつけるばかりで、彼がなぜこんな無茶をするのか考えようとはしなかった。だがサリームに一方的に罵倒《ばとう》されて気がついた。先入観を抱いて憎しみや怒りをぶつけるだけではだめだ。

そこまで考えた時、新しい眼鏡ができあがってきた。レンズの度もフレームの具合もちょうどいい。礼を言って眼鏡店の店長と技術者を帰らせた。ハーフィズはすでに王宮へ行ってしまっているので、素通しの眼鏡は瑞紀が預かる格好になった。

奇抜なフレームを瑞紀の顔にあてがい、楽しそうに笑っていたハーフィズの顔が脳裏をよぎる。

(あんなことが、とても楽しそうだった)

周囲が気を遣いすぎるために彼は人づき合いに関して、瑞紀が思っていたよりずっと経験値不足なのかもしれない。

自分の悪口を言ったサリームを叱りつけ、望むなら二度と離宮へ来させないとまで言った。抱かれたあとの自分が精液に汚れた体を召使いに見られるのをいやがった時には、人にかしずかれることしか知らないはずの彼が、自分を抱き上げて浴室へ運んでくれた。

強姦され、拉致されたことは許せないけれど――今からでも、自分と彼の関係を方向修正できないだろうか。

テーブルに置かれた素通しの眼鏡を見つめ、瑞紀は考え込んだ。

3

ハーフィズが離宮へ戻ったのは、翌日の昼過ぎだった。

国王の代理として政治に関わる身だから、昼も夜もない。油田でトラブルが生じて産出量が減りそうだとか、爆破テロだとか、為替レートの急変動で輸出利益に影響が出たなど、何か問題が起これればすぐ連絡が来る。電話で指示を出せばすむ場合も多いが、ハーフィズ自身が王宮へ出向かねばならないことも多い。

その忙しい政務の合間を縫って離宮へ戻らずにいられないのは、瑞紀のせいだ。

何度抱いてよがり泣かせても、瑞紀は自分に屈服しない。抵抗しても無駄なのは理解したらしく、最初の時のように暴れることはなくなった。しかし積極的な協力はしない。

瑞紀が自分に求めるのは、日本へ戻ることばかりだ。

ハーフィズが今まで性的な交渉を持った男女は数多い。皆、機嫌を取ろうとして媚びへつらった。寵愛《ちょうあい》を得れば金品をねだり、権力を求めた。ごくまれに『身分が違う』と言って遠ざかろうとする者もいたが、ハーフィズが引き止めれば、最終的にはそばに残った。そしていつしか当たり前のような顔で、与えられる贅沢を甘受した。

己《おの》が値打ちを吊り上げるための作為的な拒絶なら、見抜く自信がある。

けれど瑞紀の茶褐色の瞳に、媚びる色はない。

『ハーフィズ。こんなふうに他人を力で無理矢理従わせようとしても無駄だよ。……君自身にもわかっているはずだ』

拒絶にとどまらず、諫める言葉を口にしたりもする。

(なぜだ。どうして屈しない)

地位、権力などのバックボーンを瑞紀が持っているわけではない。他人に突き飛ばされ眼鏡を割られても文句一つ言わずに諦めたお人好《ひとよ》しのくせに、自分にだけは従わない。そこが腹立たしい。

だから体で屈服させようとした。

『無理矢理従わされているのかどうか、体に訊いてやる』

『だからそういうやり方は……ん、んっ』

唇を唇で塞いで小賢しい言葉を封じ、衣服を剝ぎ取って胸元や内腿、下腹部へと指を這わせる。

瑞紀の体は愛撫に敏感だ。最初のうちは拒んでも、なめらかな肌が桜色にほてり汗にしっとりと濡れる頃には、快感を耐えきれなくなるらしく、ベッドに突っ伏してすすり泣き、あるいは突き上げに合わせて腰を動かし、応えてくる。何度も何度も絶頂に達し、ハーフィズの手の中へ白濁を迸らせる。

なのに行為が終わったあとの瑞紀は、また元の頑なな態度に戻る。感じてしまった自分自身を恥じてさえいるようだ。金も宝石も邸宅も高級車も要らないと言うし、名誉がほしいのかと思って教授の肩書きを用意すると言えば、本気の怒りがこもった眼差しを向けてきた。

(青竹のようだ)

以前テレビで見た、雪の竹林を思い起こさせる。

あれは京都の寺だったか。黒くくすんだ建物を背景に降りしきる雪の中、細くしなやかな竹は緑の色を失わず、すっくと立っていた。積もった雪の重みを受けても弓なりになるだけで、雪がばさりと落ちればまた元のようにまっすぐ天を指して立つ。決して折れない。

瑞紀はあの竹に似ている。

細く頼りなく見えるのに、冬の寒さにも色を変えず、雪の重みにも耐える。テレビで見た竹林の美しさには驚嘆したが、瑞紀が自分を拒否し続けるのは苛立つ。

(……しかし昨日はやりすぎたな)

意地になって責め続けたあげく、瑞紀が目を開けたまま気を失っているのを知った時には、死なせてしまったかと思って慌てた。息があるのを知って一安心したあとは、もしや瑞紀がこれをきっかけに媚びへつらうようになるのではないかと考え、かすかな不安を覚えた。自分を手ひどく拒絶した瑞紀を屈服させることばかりを考えていたが、瑞紀が堕《お》ちて、これまでの愛人たちと同様に媚びるようになった場合を、初めて想像した。それはひどく興醒《きょうざ》めでつまらない事態のような気もするのだ。

幸か不幸か、瑞紀の態度は今までと変わらなかったが――。

『君は何が望みなんだ。僕がどうすれば満足なんだ?』

いつかの問いかけが耳の底に甦る。だが自分でもわからない。自分はいったい瑞紀をどうしたいのだろう。ただ、会いに行かずにはいられない。瑞紀だけは自分が今までに見てきた誰とも違っている気がする。

部屋へ行くと、瑞紀はライティングデスクに向かい、雑誌を読んでいた。視線を上げ、微笑みかけてくる。

「ありがとう。ほら、これ。今朝《けさ》早速、国際疫学会の雑誌を届けてくれたんだ」

昨夜カシムに瑞紀の希望を伝えておいたので、すぐ手配がなされたらしい。

「学会誌がそんなに嬉しいか」

「それはもう。退屈でたまらなかったから。……不思議だなあ、日本で研究やバイトに追いまくられてる時は、ゆっくり休みたい、何もしないでボーっとしたいって思うことも多かったのに。今はこうして参考文献を読めるのが、とても幸せだ」

複雑な気分だった。こんなことでにこにこ嬉しそうな顔をされては、今までの自分の行為はなんだったのかという気になる。

瑞紀はハーフィズの心中には気づかないらしい。

「あ、これ。昨日君が作らせた素通しの眼鏡だよ。僕が預かる形になって……眼鏡店の店長が、今後もぜひよろしくって言ってた」

ハーフィズは素通しの眼鏡をかけてみた。視野がフレームで区切られただけで、別に何も変わったふうには見えない。

「やっぱり、かけない方がいいよ。君にはあまり似合わない」

壁の鏡のそばへ行って覗いてみると、瑞紀の言うとおり自分に眼鏡は似合わない。外して長衣のポケットへ押し込んだ。振り返れば、瑞紀はまた学会誌に視線を落とし、重要な箇所に付箋《ふせん》を貼りつけているようだ。

こういうところが気に入らない。

過去の愛人の中に、部屋に来た自分に対して通り一遍の挨拶をしただけで、別のことに熱中するなどという不遜《ふそん》な者はいなかった。しかも瑞紀の場合、ハーフィズをわざと無視しているような傲岸な雰囲気はない。無心に学会誌に熱中しているらしい。瑞紀にとっては研究の方がハーフィズよりずっと重要だという意味だから、余計始末が悪い。

「そんなに研究が好きか?」

「いや、研究者としては普通レベルだと思うけど。でも今まで何もしないでいた分の反動で、論文が読めるのがすごくありがたいんだ。……ほら、この号にはナファドの研究者が書いた論文が載ってたよ。ハンバーガーやポテトチップみたいなジャンクフードが簡単に手に入るようになったせいで、子供の糖尿病や高脂血症が増えたそうなんだ。僕から見るとアラブの飲食物には糖分が多いと思うんだけど、ジャンクフード文化流入の前にはそういう問題はなかったのかな?」

「知るかっ」

瑞紀が立て板に水の勢いで喋りまくる。こんな様子を見るのは初めてだ。研究が好きなら大学教授の地位につけてやると言った時、瑞紀は怒った。なのに今はこんなに生き生きした表情を見せている。自分の力で研究を進めることには熱心だし楽しそうだが、他人から与えられるものには興味がないらしい。つまり瑞紀にとって、自分は必要ではないのだ。

それを思うと、焦れったいような苛立たしいような気分になる。

ハーフィズの焦燥感も知らず、瑞紀はがっかりしたように髪を掻《か》いた。

「そうか、知らないのか……日本とも共通する問題だし、子供の生活習慣病は僕の研究テーマだから、ナファドの食生活には興味があるんだけどな」

「食事はちゃんと出してやっているだろう」

「一般の人たちが主にどういう物を食べているかを知りたいんだよ」

「それなら市場へでも行けばいい。すぐわかる」

「行っていいのか⁉」

はずんだ声で言われて、口をすべらせたことに気がついた。腹立ち紛れに言っただけだったが、瑞紀は外出を許すという意味に取ったらしい。

(さんざん抱いて悦《よろこ》ばせてやっても、こんなに嬉しそうな顔をしたことがないくせに)

腹が立つ一方、本当に街へ連れていってやったら、もっと生き生きした表情になるのだろうかとも思う。ずっと離宮へ閉じこめていたから、瑞紀が外へ出たくなるのも無理はない。

「わかった。連れていってやろう」

「連れて……って、君も一緒に？」

「当然だ。お前を一人で行かせるわけがなかろう。ちょうど時間が空いている」

当人がどう思っていようと、ハーフィズの感覚では瑞紀は愛人だ。所有物だ。一人で外出させることなどありえない。たとえ監視や護衛をつけてでも、いやだ。自分が見ていない瑞紀の楽しそうな顔を護衛たちが見るのかと思うと、腹が立つ。

ハーフィズは召使いを呼んで、車の手配を命じた。


瑞紀とハーフィズを乗せた車は首都の市街地へ向かった。目立つのを嫌い、リムジンではなく普通の四輪駆動車を用意させた。護衛もつけないことにした。運転はカシムが務めている。

「……すごいな。東京以上だ」

車窓に視線を向けた瑞紀が呟くのを聞き、ハーフィズは心ひそかに満足を覚えた。

首都の環境整備は現政府が力を注いでいる項目の一つだ。片側三車線道路の両側には、近代的なガラス張りの高層ビルが建ち並んでいる。逆三角形や螺旋《らせん》形などの前衛的な形をしたビルもあった。石油輸出による潤沢な資金をもとにした国土緑化計画も順調で、街路樹や緑あふれる公園も多い。

首都だけを見れば、東京やニューヨーク以上に先進的な都会だと自負している。

「驚いたか?」

「うん。こんなに近代化されてるとは思わなかった。中東といったら、砂漠とラクダと油井の写真ぐらいしか知らなくて……」

「ここは首都の中でも区画整理が進んだ地域だ。市場は都市整備以前に作られた旧市街にある。朝が一番にぎわっているが、夕方もかなりの人出だぞ。歩いている間にはぐれるなよ」

そこまで説明した時、カシムが運転席から声をかけてきた。

「国民は皆、殿下のお姿を知っております。お忍びで市場へお見えになったと知ったら、大騒ぎになるかと存じますが」

「わかっている」

答えてハーフィズは頭布を止める黒い輪を外した。顔をできるだけ隠すように頭布のかぶり方を変え、ついでに瑞紀とお揃いで作った素通しの眼鏡をかけた。本来砂漠の遊牧民は目がいいが、都会の学生やビジネスマンの間には近視が多くなり、眼鏡を使う者も増えている。変装の一助になるだろう。

瑞紀が肩をすくめた。

「やっぱり君に眼鏡は似合ってないよ」

「似合うかどうかじゃない。海外からの客を案内している学生か商社員に見えればいい。ほんの三十分ほどだ。私のそばを離れるなよ。守ってやれなくなる」

「守るって……」

「ナファドは治安がいいが、犯罪がまったくないわけではない。人混みではスリや引ったくりがいる。特に外国人は金持ちだと思われているから、身代金目当ての誘拐もないとは言いきれない」

「そうじゃなくて。いや、それもあるけど、僕より君の方が危険な気がするよ。第一王子が人混みを出歩いていていいのかい？　護衛らしい人もいないし」

「政情は安定していて、反政府組織の動向もすべて把握済みだ。過激な行動を起こす様子はない。カシムがいるし、私自身も護身術は心得ている。心配するな」

ナファドの国民は都市に暮らす者だけではない。辺境に暮らす遊牧民も多い。砂漠で生き抜くだけの知恵と強さがなければ、彼らはハーフィズを各部族を束ねる長、すなわち王とは認めない。そのため王子に生まれた者は幼い頃から勉学だけでなく武術も教え込まれるのが習わしだった。

サリームなどは武術の資質が乏しくちっとも上達しないため、学ぶのを嫌ったようだが、ハーフィズは格闘技も剣も銃も得意だ。外出時の習慣で、ローブの下には小型の拳銃《けんじゅう》を隠し持っている。自分の身だけでなく、瑞紀を守ることぐらいはできるつもりだった。

表通りから横道へ入り、市場の二ブロック手前でカシムは車を停めた。そこからは徒歩になる。

市場は旧市街の中心地にあるので道幅は広い。ただし左右の道脇に筵《むしろ》を敷いたり台を置いたりして品物を並べた物売りが、無数に出ている。とても車は通れない。それに値切るのが当たり前だから、交渉が始まると物売りの前に客が立ち止まって動かない。値切り具合を見物する者も現れるため、ますます道は混み合う。

ハーフィズは瑞紀と並んで人混みの中を歩いた。カシムは目立たないように少し前を歩いている。

瑞紀が、客が群がっている物売りを示して尋ねてきた。

「あれは何？　お菓子みたいだけど」

「日本風に言えばナッツ入りのケーキだな。いくつも種類がある。他には、フルーツのシロップ漬け、ナツメヤシのチョコレートがけ……ほしいのか？」

「うん。この国ではどんな味のおやつが好まれるのかと思って。やめた方がいいかな？」

「構わない。私も子供の頃はよく食べた」

ハーフィズは瑞紀の腕をつかんで人混みをかき分け、物売りに近づいた。売れ筋の菓子三種を一キロずつ買い求める。瑞紀が慌てた顔になった。

「ち、ちょっと……そんなに食べられないよ。一つか二つでいいのに」

「そんなわずかな量を売ってくれるものか。ここではキロ単位で買うのが普通だ。余った分はムウニスにでもくれてやれ。召使いで分けるだろう」

道の脇に寄って壁にもたれ、ハーフィズはシロップ漬けのフルーツケーキを一つ取り分け、渡した。シロップがついた指を眺めた瑞紀が、おそるおそるといった表情で一口かじる。

「……甘っ」

瑞紀が呻いた。日本の菓子はハーフィズにとっては物足りない味に感じることが多かったから、逆に日本人の舌にとってアラブの菓子は甘すぎるのかもしれない。

「甘いね、これ。シロップが特に。この国ではこういうおやつが普通なのかな。一回にどのくらい食べる？　この甘さだと高血糖や高脂血症になりそうな気がするけど、ナッツ類がたくさん入ってるのがポイントかもしれない。カロリーは高くてもコレステロールを下げる働きがあるから……」

「菓子を食いながら道端で考察を始めるな」

隣に立って自分用の菓子を取り分けながら、ハーフィズは遮った。瑞紀の口調はハーフィズに話しかけるというより、考えを整理するための独り言めいている。自分が忘れ去られているようで、気に入らない。だがその一方で、真剣な瑞紀の横顔には惹かれる。離宮に閉じこめていた間は、決して見せなかった表情だ。

シロップでべたべたになったのだろう。菓子を食べ終わった瑞紀は指を軽く舐め、それでも取りきれなかったか、ハンカチを出して何度も指先を拭っている。

「気に入らない味だったか？」

問いかけると、瑞紀はゆるく首を振った。

「シロップ抜きならもっと嬉しいけど、単に甘いだけじゃないし、僕は結構好きだな。ナッツやドライフルーツがたっぷりでコクがあって、おいしいよ」

「そうか」

ハーフィズは微笑して頷いた。瑞紀が自分の国の産物を――自分が子供の頃からなじんでいた味を褒めたことが嬉しい。もっと別の料理も食べさせたいし、ナファドの風物を見せたくなる。

流れていく人波を見渡し、瑞紀は微笑んで言った。

「……なんだか、学生の頃みたいだなあ。道端で誰かと並んで喋りながら物を食べるなんて、久しぶりだ」

懐かしそうで楽しそうな口調が腹立たしい。瑞紀はとことん無礼だ。隣にこの自分がいるというのに、誰のことを考えているのだろう。

「誰と並んで喋ったというんだ？」

「クラスの友達と学校帰りにとか、バイト仲間と仕事が済んだあとなんかに、家まで我慢できずにハンバーガーやポテトを買って、食べながら駅まで……やらなかった？　あ、そうか。王族なんだから、するわけがないね」

自問自答して瑞紀が苦笑する。

確かに自分はどこかからの帰り道に友達と買い食いをした経験はない。国内では将来王位を継ぐ絶対者として崇《あが》められ、遊び相手はいても対等な立場の『友達』などいなかった。比較的自由な行動が許された海外留学中も同じだ。宝飾店やブランドショップ、超高級レストランなどへ連れていってほしいとねだられることはあっても、下町の市場へなど行きたがる者はいなかった。

（どうして瑞紀はいつもこうなんだ）

今まで離宮に住まわせた愛人と違って、瑞紀は何も求めてこない。たまに要求してくると思えば、学会誌や論文作成用のパソコン、市場で売っている安い菓子だ。王家の財力も権威もまったく必要のない、誰でも手に入りそうな物である。何をすれば瑞紀が喜び、何をすると腹を立てるのか、まったく見当がつかない。

ナファドでは最高権力者といってもいい立場の自分が、振り回されている。

それなのに瑞紀には自分を振り回しているという自覚はなく、無理矢理拉致されてきた被害者のつもりらしい。確かに監禁してはいるが、瑞紀の心がけ次第では、被害を補って余りある報酬を与えてやるつもりでいる。だが財宝も地位権力も一切受け取ろうとしないのだから、始末が悪い。

（どうすれば私のものになる）

金や物で簡単に心を動かした今までの愛人たちと、瑞紀は違う。だからこそ惹かれる。手に入れたい。だがどうすれば自分のものにできるのかがわからない。

ハーフィズが内に抱えた焦燥に気づく様子もなく、瑞紀はのんびり市場を見回している。

「甘い物を食べると水気がほしくなるね。向こうで売ってるのはジュース？　それともお茶かな？」

「ジュースも茶もあるようだが、瑞紀には甘すぎるだろう。飲むならコーヒーの方がいいんじゃないか？　日本のものとはかなり味が違うが」

「うん。コーヒーが飲みたい……ああ、でも飲み物の甘さも知りたいな。どうしようか」

瑞紀が迷うように視線を揺らした。

こうなったら何ヶ所でも気がすむまでつき合ってやろう——とハーフィズが言いかけた時だった。

突然、爆発音が響いた。

地面が揺れる。

「……っ⁉」

市場の中に、悲鳴と怒号が巻き起こった。様子を見に音の方へ走る者、広げていた売り物を必死にまとめようとする商人、爆発に怯えて逃げようとする者など、市場は大混乱に包まれた。

「なんだ⁉　何が……」

「離れるな！」

うろたえる瑞紀の肩に手をかけ、引き寄せた。テロか、それとも単なる事故か。わからないが、どちらにしても早くここを離れた方がよさそうだ。

こんな状況では慣れない眼鏡が鬱陶しい。ハーフィズは眼鏡を外してポケットに押し込んだ。

視線をめぐらせ、逃げ道を探した。

少し離れて立っていたカシムは人波に巻かれ、こちらへ来ようとして思うように進めずにいるらしい。

まだ爆発音は続いている。

「無理をするな、カシム！　車へ向かうぞ！」

何もこの人混みで合流しなくても、駐車している車へそれぞれが戻ればすむことだ。ハーフィズは瑞紀を引っ張り、横道へ向かおうとした。

後ろで子供の甲高い悲鳴が聞こえた。

気を取られたのか、瑞紀が足を止めて振り向いた。

「何をしている！　来い!!」

苛立ったハーフィズが瑞紀を強く引っ張った時だった。

逃げまどう客に押されたのだろうか。すぐ横の骨董品屋《こっとう》の店先にあった、背の高い陳列棚が大きく揺れた。載せてあったのは、金属製の香炉《こうろ》やガラス壜、銀メッキの皿など、重くて硬い物ばかりだ。

「あ……!!」

瑞紀めがけて香炉が降ってきた。棚自体も大きく傾き、倒れかかる。

「危ない！」

人混みが邪魔して、逃げるのは無理だ。ハーフィズはつかんだ腕を思いきり引いて瑞紀を胸に抱き込み、反転して体の位置を入れ替えた。

一瞬遅れて、肩や背中に衝撃が来た。香炉か皿が当たったのだろう。

「くっ……」

思わず呻き声をこぼしたら、瑞紀の体が大きく震えた。

「ハーフィズ⁉」

金属製品が散乱する音や、ガラスの割れる音が鼓膜を叩く。怒号や悲鳴に混じって、瑞紀の心配そうな声がする。

「ハーフィズ！　どうしたんだ、大丈夫か⁉　ハーフィズ！」

抱きしめた腕の中から抜け出そうと瑞紀がもがいているのがわかった。この動きなら怪我《けが》はないだろう。ぎりぎりで、かばうのが間に合ったようだ。

それはいいが、名前を連呼されるのは困る。ハーフィズは腕をゆるめた。

「ハーフィ……‼」

「静かに」

瑞紀の唇に軽く指を当てて、黙らせた。

「大丈夫だ。肩に何か当たったが、大したことはない」

そう言った瞬間、瑞紀の茶褐色の瞳から不安の色が薄れた。安心して潤んだように見えたのは、気のせいだろうか。

しかしそれをゆっくり追及していられる状況ではない。

「大声で名を呼ぶな。皆が気づいて寄ってくる。事故ならいいが、爆破テロかもしれない」

「君がいてくれて助かった。ありがとう」


「あっ……」

「それよりお前は？　無事なんだな？」

「う、うん。君のおかげで……君こそ大丈夫なのか、本当に？」

「ああ。早く車へ戻ろう」

気がつけば、大勢が自分たちを囲んで騒いでいる。正体がばれたらしい。瑞紀に大声で名を呼ばれたうえ、目深に引き下ろしていた頭布がずれて、顔がむき出しだ。変装用の眼鏡も外していたから、誰か気づかれない方がおかしい。

自分一人なら町歩きがばれても構わないが、瑞紀が一緒だ。騒ぎになって、父に聞こえては困る。

「走るぞ、瑞紀」

言うなり、ハーフィズは瑞紀の腕をつかんで走り出した。さっと人垣が割れたのは、王子がお忍びで市場に来ていると気づいた市民が道をあけてくれたためだろう。おかげで苦労せずに車を停めた通りへ出ることができた。まだカシムは戻っていないようだ。

車のそばに立って待とうと思った。運転手がいない状態で後部座席に乗っていたのでは、変事があった時に身動きが取れない。

瑞紀が心配そうな声で問いかけてくる。

「本当に大丈夫か、ハーフィズ？」

「打ち身だけだ」

「ごめん。あの時、僕が立ち止まったりしたから」

「気にするな。本当にごく軽く当たっただけで、今は痛みも何もない」

安心させようと笑いかけたのに、瑞紀はなぜか目を伏せた。日本という安全な国で暮らしてきた瑞紀にとって、爆発現場に居合わせたのは刺激が強すぎただろうか。

その時、路地から出てきたカシムが目に入った。どこか疲れた様子なのは、はぐれた自分たちを案じていたのか、それとも逃げる途中で怪我をしたのかもしれない。

「こっちだ、カシム」

「おお……殿下もミズキ様もご無事でしたか」

「無傷だ。お前は？　少し顔色が悪いぞ」

「屋台の日よけが倒れてきて、支柱の鉄パイプが当たりました。左の鎖骨を痛めたようですが、なあに、大したことはありません」

道理で左腕をだらんと垂らしたまま動かさないわけだ。

「先に病院へ行こう、カシム」

「いえ、殿下とミズキ様を安全な場所へお連れするのが先です。少しばかり痛みますが腕は使えます。離宮までの運転ぐらいなら支障ありません。どうぞお乗りください」

右手で後ろのドアを開け、カシムが促す。

(本人がそう言うならいいか。カシムは頑固だし……)

ここで行き先を議論するより、離宮へ着いてから侍医を呼んで手当させればいい。そう判断し、ハーフィズは瑞紀の方を振り返った。

「わかった。離宮へ戻ろう。先に乗れ、瑞紀」

「待ってくれ。……カシム。ちょっと怪我した場所を見せてくれないか。ハーフィズ、カシムの顔色が普段より悪くないか？　僕にははっきりわからないんだけど」

言いながら瑞紀が眉をひそめてカシムに近づいた。服の襟を開けさせ、鎖骨を上からなぞって骨折場所を確かめたあと、今度はカシムの左手をつかまえ、脈を探すような手つきをしながら、ハーフィズに問いかけてくる。表情が真剣だった。

「どうした、瑞紀？　骨折したら顔色が悪くなるのは当たり前だろう」

「つまり普段より血色が悪いんだね？　声にも普段の張りがないし、何より患部の腫《は》れ具合が異常だ。もしかしたら……」

「ミズキ様、私はこう見えても鍛えておりますから、ご心配は無用です」

「鍛える鍛えないの問題じゃないんだ。だめだ、弱い。ちょっとごめん、右手も貸して」

カシムの右手で脈を取った途端に、瑞紀の血相が変わった。

「ハーフィズ！　カシムをすぐ病院へ連れていくんだ、動脈が切れてるかもしれない!!」

「なんだと!?」

「鎖骨下動脈っていう細い動脈を、折れた鎖骨が傷つけることがある。きっとそれだよ、左手首の脈が右に比べてすごく弱い。すぐ病院へ連れていかないと命に関わる。ハーフィズは車の運転は？　無理なら僕がやる。日本の免許しか持ってないし、四輪は完全にペーパードライバーだけど」

「運転ならできる。だが、本当か？」

「勘違いなら笑い話ですむけど、本当だったら大変じゃないか。……早く！　のんきに喋ってる場合か⁉　腕や脚の動脈みたいに、縛って血を止めるわけにはいかないんだぞ‼　一刻も早く、血管外科のある大病院へ運ぶんだ！」

どなる口調は激しく、瞳の光も強い。

怪我人を前にした瑞紀の、普段とはまったく違う迫力に、ハーフィズもカシムも気圧された。言われるままにカシムを後部座席に乗せ、ハーフィズが運転して王立病院へ運び込んだ。

瑞紀が推測したとおり折れた鎖骨で動脈が切れていて、手術室へ入った時にはカシムは、出血多量によるショック症状を起こしかけていた。


（今日は思いがけないことばかりだったなあ……）

窓ガラス越しに冴《さ》えた光を降らせる月を見上げ、瑞紀は思った。

テレビは英語放送のニュースを映していた。市場で起こった爆発は、ガスボンベの扱いを間違えたための単なる事故だったらしい。だが不運にも爆発から火事になり、死傷者も出た模様だ。無用の混乱を避けるためか、ハーフィズやカシムが現場にいたことは報道されていなかった。

だがもちろん離宮の人間は知っている。

「大変でしたねえ。ミズキ様と殿下がご無事だったのが、せめてものことでした」

風呂から上がってソファに座っている瑞紀の髪を、丁寧に乾かしながらムウニスが言った。

最初の頃は他人に世話をしてもらうのになじめなかったが、自分で髪を拭いてしまうとムウニスが仕事がないと言ってしょげるため、最近は任せることにしていた。

「ほんとにびっくりしたよ。ハーフィズがいてくれなかったら、人波に巻かれてとても逃げ出せないところだった。はぐれた間にカシムが大怪我をするし……」

「命に別状がなくて何よりでした」

そのとおりだと思い、瑞紀は深く頷いた。

輸血と緊急手術でカシムの容態は持ち直した。

ただ、側近の重傷でハーフィズがかなりのショックを受けたらしく、手術室へ運ばれるカシムを見送り、表情をこわばらせていた。瑞紀も二、三度見かけたことがある別の臣下が来て、『王子のハーフィズが病院にいることが知れるとあれこれと憶測を呼ぶので、離宮へ戻ってほしい』と勧めたために病院をあとにしたが、離宮へ戻る途中で、自動車電話にカシムの手術が成功したという報告が入った時には、明らかにほっとした様子だった。

本当はカシムが手術室から出てきて目を覚ますまで、病院に残っていたかったのではないだろうか。

(不便だな、王子の身分っていうのは)

思い返していると、ムウニスがドライヤーを置いた。

「はい、これで乾きました。お飲み物はご入り用ではありませんか、ミズキ様？　お風呂の後はしっかり水分を補給なさった方がいいですよ」

「そうだね。何か、砂糖の入ってないものを頼むよ」

「かしこまりました」

ムウニスは丁寧に一礼して下がっていった。部屋に残った瑞紀は、溜息をついた。

(……ハーフィズはいつも、こんな暮らしをしてきたんだろうなあ)

命じさえすれば——いや、命じなくても周囲に使える者たちが、顔色を読み取って必要な物を用意してくれる生活。それでいて親しい守り役のカシムが大怪我をしたのに、そばについていることもできない。

しかも召使いたちの話によると、近隣諸国との争いや、多すぎる富ゆえの親族間での確執をも抱え、命を狙《ねら》われることもあるらしい。現に市場での爆発の時にハーフィズは、テロの可能性を口にしていた。

平和な日本の一般家庭に生まれた瑞紀とは、育った環境が違いすぎる。

(強引で傲慢だと思ってたけど、でも……)

自分も同じ環境で育てばハーフィズのようになっていたかもしれない。

瑞紀は天井を見上げた。新しい眼鏡は度がきちんと合っていて、天井の細かい装飾まで綺麗に見える。

ふざけて変なフレームを自分の顔に当てたハーフィズの顔が、脳裏をよぎった。子供っぽい表情だった。

今は、どうしているだろう。

(カシムの怪我で、精神的にダメージを受けてるんじゃないのかな。……それにどうしてハーフィズはあの時、僕をかばってくれたんだろう)

気になる。幸い肩の打撲ですんだが、下手をしたらカシムと同様、命に関わる怪我をしていたかもしれないのだ。

自分は無理矢理日本から連れてこられ愛人にされている身だ。奴隷に等しい。代わりなどいくらでもいるだろうに、なぜハーフィズは身をもってかばってくれたのか。

(話がしたいな)

自分の方から部屋を訪ねてもいいものだろうか。

「ムウニス。電話を……いや、待った」

ハーフィズの部屋に連絡を取ってもらおうかと思ったが、なんとなく、直接自分が行く方がいいような気がした。いやがられたなら、部屋の前から引き返せばすむことだ。

「服を用意してくれないか。ハーフィズの様子を見に行きたいんだ」

「わかりました。新しい長衣をお持ちします」

だが、ムウニスに手伝ってもらって衣服を着替えている途中で、ドアを叩く音がした。

入ってきたのはハーフィズだ。

「どうした？　そんな格好をしてどこへ行く気だ？」

露骨に眉をひそめたハーフィズに、瑞紀は苦笑した。

「君の様子を見に行こうかと思って。寝間着のまま廊下へ出るわけにはいかないだろう」

「私の様子を？」

さらに不審そうな口調になったあと、ハーフィズはむすっとした顔のまま、今自分が入ってきたばかりのドアを示した。

「支度済みならちょうどいい。出かけるぞ。……その格好では風邪《かぜ》を引く。上から厚地のローブを着ろ」

「どこへ行くんだ？」

「砂漠だ」

話が唐突すぎてついていけない。瑞紀は目をみはった。

「何をぼんやりしている。急げ」

急かされ、ムウニスが大慌てでクロゼットへ走り、暖かそうなローブを出してきた。

それを着せられつつ、瑞紀は無言で立っているハーフィズを見やった。眉を吊り上げ唇を引き結んだ横顔は、苛立ちを隠そうとして隠しきれないでいるように見える。

防寒用のローブを着込んだ瑞紀を、ハーフィズは自身が運転する四輪駆動車に乗せて離宮から連れ出した。供はいない。

「いいのかい？　護衛もなしに出かけて」

「少しの間ならな。遅くなると催促の電話がかかってきて、それでも戻らないと一個中隊が迎えに来る。どこへ行こうが、GPSで車の位置を把握されているんだ」

不機嫌な口調で答えたハーフィズは、道路に出た途端、アクセルを一気に踏み込んだ。スピードメーターの針がものすごい勢いで振れ、加速で体がシートに押しつけられる。

「ち、ちょっと……わーっ！　速度！　制限速度‼」

「そんなもの、あるか」

ないはずはないと思うが、気にしないらしい。ものすごい運転で次々と他の車を追い抜き、ハーフィズは車を走らせた。

道路脇に植えられた椰子《やし》の並木が、窓の外を飛ぶように通りすぎて消えていった。


一時間後、瑞紀とハーフィズの乗った四輪駆動車は砂漠の真ん中にある町の前に停車していた。

町といっていいのかどうか、フロントガラス越しに砂色の建物群が見えるが人の気配はまったく感じられないし、明かりは一つも灯《とも》っていない。自動車のヘッドライトがなければ何も見えなかっただろう。

夜の砂漠は冷え込む。車の中にいても寒さが骨の髄まで染み入るようで、瑞紀は身震いした。

ハーフィズはなぜ自分をこんな場所へ連れてきたのだろう。

「ここは……？」

「かつて王国の首都だった場所だ。今は誰も住んでいなくて、廃墟《はいきょ》になっている」

ハーフィズの説明を聞き、瑞紀は目をみはった。

家々が建ち並んではいるが、あまりに小規模だ。超高層ビルが林立する現在の首都を見ているだけに、この寂れた廃墟をかつての首都と言われてもすぐには信じられない。

「石油が出るようになる前のことだ。私の曾祖父《そうそふ》の代くらいだったか。もともとここにはオアシスがあったが、徐々に水が涸《か》れてきていた。石油の収入で国が潤ったこともあり、思いきって今の首都へ遷都したそうだ」

「そうなのか……でもそれにしたって、ここじゃ規模が小さすぎないか」

「昔、ナファドの民はほとんどが遊牧生活だったから、『首都』にそれほど大きな意味はなかった。この近辺で一番勢力の大きな族長だった祖先が、オアシスを確保していたというだけだ」

ハンドルにもたれかかる格好で体を傾け、前方に視線を据えてハーフィズは呟いた。

「石油が採掘できるようになったのは、ほんの五十年ほど前だ。……貧しい遊牧民の集まりだったナファドの民が、突然に莫大な富を手に入れ、財力だけなら先進国と肩を並べる立場になった。しかし国民はまだ国家のあるべき姿や、国際社会の中での立場など、何も理解していない。教育の充実が必要だ。……富は人の心をたやすく狂わせる。『国のため』という意識のない者が重要な地位につけば、石油の輸出で得た利益はたちまち食い荒らされる」

「そうかもしれないね」

明治維新後の日本で、財閥と政治家が結びついて利権の専有や汚職がはびこった例を思い出し、瑞紀は頷いた。

「君はそういう政治的な歴史を学ぶために、日本へ留学したの？」

「学ぶだけではなく、乗り越える策を探すためだ。いつか必ず石油は尽きる。その時、我が国はどこを目指して進めばいいのか……父の跡を継いだあと、私に課される責務は石油に頼らない国造りだ。資源を持たないのに、第二次世界大戦の敗戦国から数十年で経済大国となった日本の姿は、大きな参考になると思った」

「……」

「失敗したら、待っている未来はこれだ」

ハーフィズは廃墟と化した都市を視線で示した。

「近代化された生活を知った国民が、遊牧民の暮らしに戻れるわけがない。政策の方針転換は、絶対に成功させなければならないんだ。だがナファドと日本では国情が違う。国民性も、宗教的政治的な背景も、近隣諸国との関係も……できると思うか？」

瑞紀は言葉もなく、運転席のハーフィズを見つめた。常に自信満々で傲慢にさえ見えた彼らしくない台詞だ。口調もまた、暗く沈んでいる。

ハーフィズの手に自分の手を重ね、静かに瑞紀は問いかけた。

「できないと、思うのかい？」

「……今までは不安など感じたことはなかった。自分にはなんでもできると思っていた」

声音に苦い自嘲の響きが混じる。

「けれど自分を過信した末の錯覚だったのかもな。私一人では何もできないのかもしれない。お前はちっとも私に従わないし」

「そうかな……」

瑞紀にはそうは思えない。いくら拒んでも、結局は力ずくで言うことを聞かされているのに、従わないと言われるのは不本意だ。

瑞紀の声音に不賛成の響きを感じ取ったか、ハーフィズが体を起こした。

「違うというなら、素直に従え」

「え……うわ⁉」

ハーフィズが覆いかぶさってくる。伸ばした手がリクライニングを操作したらしく、シートの背もたれががくんと倒れた。

「何をするんだ⁉　待て、ちょっと待ってくれ……‼」

「お前は私の部屋へ来るつもりだったと言っていたじゃないか。来れば抱かれることになるのは、わかっていたはずだ」

「そ、それは……」

言われてみればそのとおりだ。ハーフィズの愛人扱いにされている自分が部屋を訪ねていけば、そういう展開になるのは目に見えている。だがあの時の自分はそこまで考えていなかった。

必死に抗弁した。

「違うんだ、そんなつもりじゃなかった。ただ、訊きたいことがあったのと、君の様子が心配で」

「私の何が心配だと？　言え。……言え！」

瑞紀にのしかかったまま、ハーフィズが瞳を鋭く光らせた。彼はとても怒っている。けれどもその怒りは瑞紀にではなく、むしろハーフィズ自身に向いている気がした。

（……まだ十九歳なのに）

この若さで、彼はなんと多くのものを背負っているのだろう。それでいて国民からは将来の名君として期待され敬われていて、それもムウニスたちの様子を見ると神格化に近い崇め方のようだ。これではハーフィズは、つらいことがあっても誰にも弱みを見せられないのではなかろうか。それを思うと、可哀相になった。

ハーフィズの胸に手を突っ張り、押しのけようとしていたのをやめて、瑞紀は口を開いた。

「苛々してるんだね。……僕を抱いて気が落ち着くなら、それでもいいよ」

ハーフィズが目を見開く。こういう答えは予想していなかったらしい。瑞紀は静かに言葉を継いだ。

「ぶつけたければ、ぶつけていい。……君の周囲にいる人はみんな君を尊敬してる。だけど最初から君に反抗してる僕の前では、取り繕う必要はないよ。不安な顔を見せたり苛々をぶつけたりしても、僕は平気だ」

「私が何を不安がるというんだ？　苛々したりはしていない。理由がないだろう！」

「……カシムの怪我」

そう指摘した瞬間、ハーフィズの濃い睫毛が震えたのがわかった。眉間に皺が寄り、ひどく苦しそうな表情だ。自分に覆いかぶさったまま、動かない。いつも瑞紀を抱く時のように衣服を剝ぎ取ろうともしないし、かといって暴力を振るう様子もなかった。

瑞紀は黙って待った。

どれほどの時間がたったか、ハーフィズは不意に体の力を抜き、瑞紀の肩口にことんと顔を伏せた。

「カシムが重傷だったのに……私は見過ごすところだった」

くぐもった声の呟きは、苦渋と後悔に満ちている。瑞紀はそっとハーフィズの背を撫でた。

「君は悪くないよ」

「顔色がよくないのに気づいていながら、ただの骨折だと思い込んでいた」

「君のせいじゃない。カシムが並外れて我慢強かったんだ。普通なら自分から症状を訴えてる」

「カシムが我慢強いことは知っていた。一番近い立場の側近だ、どんな性格かはよくわかっている。痛みやだるさをこらえているのは予想できたはずなのに、深く考えずに怪我を見落としたんだ。瑞紀が気づかなければ、カシムは出血多量で死んでいたかもしれない。……こんないい加減なことで、国を治めていけるわけがない」

やはりカシムの負傷で精神的なショックを受けていたのだ。瑞紀は手を伸ばし、ハーフィズの髪を撫でた。

「大丈夫だよ……僕がいなくても、途中できっと君は様子がおかしいって気がついたはずだ。そんなに鈍感じゃないよ。無理矢理にでも運転を代わって、カシムを病院へ担ぎ込んだに決まってる。僕はたまたま似たような症例を見た経験があったから、早く気づいただけなんだ。君は悪くないよ」

「……」

「誰だって三六〇度全方位に気を配ることなんかできやしない。それを補うために、君の周囲には臣下がいるんだ。……僕が君の年の時には、自分のことで手一杯だった。っていうか、それ以上のことは求められなかった。勉強も遊びも、自分自身のためにすればよかった」

「……ハンバーガーの立ち食いか?」

ハーフィズがわずかに顔を上げて言った。『遊び』のことだろう。視線を合わせて、瑞紀は頷いてみせた。

「そう。立ち食いとかコンパとか。君はそういう『普通の人が楽しむこと』をすべて放棄して、一国を背負ってる。そしてきちんと責任を果たそうとしてるじゃないか。……カシムの怪我は命に関わるようなものじゃないし、君のせいでもない」

ハーフィズは返事をせずに、また顔を伏せてしまった。瑞紀はその背を撫で続けた。

「大丈夫だよ。カシムはちゃんと手当を受けたし、心配ない。君が自信を失う必要なんかないんだ。……大丈夫だ」

ハーフィズの返事はない。背中が震えるようなこともなかった。誇り高い王子は、決して他人の前で涙など流さないのだろう。だがカシムの負傷に気づかなかったことでハーフィズがショックを受け、自分を責めているのは確かだ。それが国を背負うことへの不安にまでつながっている。

(まだ二十歳前なのに。最高の権力を手にしただけじゃなく、最大の責任をも背負うなんて……重いだろうね)

自分にぶつけて気がすむのならそれでもいいと思ったが、ハーフィズは瑞紀に覆いかぶさったまま、それ以上の行動には出なかった。顔を伏せたまま言う。

「私に訊きたいことがあると言っていたな。なんだ」

「え? ああ……まあ、もういいんだ。大したことじゃないし」

今は余計なことを言わずに、ただ感情を発散させてやりたいと考えたのだが、当のハーフィズが追及してくる。

「よくない。言え。なんだ」

「うん……爆発事故の時、なぜ君は僕をかばったりしたのかと思って。一国の王子ともあろう立場の君が、身をもって僕をかばってくれたのが不思議だったんだ」

「そんなことか。お前は私のものだ。守るのが当たり前だし、守ってやると言ったはずだ」

「僕の代わりなんかいくらでもいるだろうに」

「……いない」

低い声の呟きと同時に、抱きしめられて頬ずりされた。

「お前のようなわけのわからない相手は、今までいなかった。私に逆らってばかりだし、金や地位をやると言えば機嫌を悪くするし、そのくせ私に敵意を見せるわけでもなく、今みたいに慰めるようなことを言うし……お前のような変な奴は、どこにもいない。なぜ私に従わない？　そんなに私が嫌いか」

「ハーフィズ……」

重みを受け止め、天井を見上げたまま瑞紀は呟いた。

「嫌いじゃ、ないよ」

「嘘をつけ」

「嘘じゃない。嫌いじゃないんだ。……でも僕は君の部下じゃないから無条件に従うことはできないよ。いやなこと、間違ってると思うことは、そのとおり口に出す。それじゃ、だめなのかな」

「……」

「僕は男だし、同性愛傾向もない。だから君の愛人にはなれないけど、友達にならなれると思う。今みたいに傷ついてる君を受け止めることはできるよ」

「どうせ受け止めるのなら、愛人でもいいだろう。私に抱かれてよがっていたくせに」

普段なら瑞紀の心をえぐる台詞だっただろうが、ハーフィズの声が拗ねたような響きを含んでいたので、傷つくより先に、可愛くなってしまった。

自分に覆いかぶさって動かないハーフィズの頭を撫でると、少し癖のある硬い髪の感触が布越しに掌へ伝わってくる。

(ほだされたかなあ……)

最初は確かに嫌っていた。けれど彼が育った環境を知り、徐々に見方が変わった。今では重すぎる責任を背負った若い王子に対し、弟か年少の友人に向けるようないたわりを覚えている。傷ついた彼を受け止める者が必要なのだと思う。

「君に嘘をつきたくないから、正直なところを言うしかないんだ。……愛人は無理だよ。恋愛感情がないんだから。それに僕には君を待ってひたすら離宮にこもっていることはできない。仕事がしたいんだ」

「この仕事中毒め」

相変わらず拗ねた響きを含んだ口調でハーフィズが言う。そんな声を聞けば聞くほど、いたわりたくなる。

「だけど本当に、君を嫌いなわけじゃないんだ。むしろその年でお父さんに代わって政治を一手に引き受けて、本当に偉いと思う。尊敬してさえいる。だから友達としてなら構わないよ。今みたいに君が鬱憤を誰かにぶつけたくなったら、僕が受け止める。君が望む限り、ずっとそばにいる。……それじゃだめかな」

喋っているうちに、本当にそんな気がしてきた。

ハーフィズが望むなら、自分は日本に帰らずナファドにとどまろう。大学の研究員の端くれに加えてもらい、疫学の研究をさせてもらえれば、自分はそれでいい。そしてハーフィズが国務の間に息抜きをできるよう、こっそり一緒に市場へ出かけたり、愚痴を聞いたり、こんなふうにドライブをしたり——普通の友達同士の休日のように過ごす。

「……だめかな、そういう関係は？」

「だめに決まっている。どうしてそんな中途半端な関係にしたがる？　そこまでするなら、愛人でもいいだろう」

「困ったね」

「何を困ることがある。お前が強情なだけだ。この私が愛人にしてやると言っているのに……私に抱かれて、なんでも与えてやるとまで言わせて、それでもなお拒む奴など今まで一人もいなかったぞ。お前は私のものなんだ」

そう言いながらも、ハーフィズは挑みかかってこようとはせず、ただ体を瑞紀に預けて肩口に顔を伏せている。

やがて、瑞紀の耳にとても小さな囁きが聞こえた。

「だが……今だけは、お前の希望どおりにしてやってもいい」

「僕の希望？」

「このまま何もしないで、しばらくこうしていよう。……重いか？」

瑞紀は微笑した。

「平気だよ。それに重なっていると暖かい」

「そうか」

お前といると落ち着く――という呟きが聞こえた気がしたが、とても小さな声だったから空耳だったのかもしれない。

ハーフィズの背を撫でながら、瑞紀は窓に視線をずらした。

角度の加減で月は見えないが、月光を受けて白く光る砂漠と、夜空が目に映った。人工の明かりに影響を受けない空は吸い込まれそうな深い黒い色をしている。ハーフィズの瞳の色だ。

綺麗だ、と思った。

（ハーフィズ……君がほしいのが友達だったらよかったのに。本音をぶつける友達の役なら、僕にも務まっただろうに）

どうして彼は、自分を性行為の対象にするのだろうか。他に目を向けさえすれば、もっと従順で若くて綺麗な相手が、いくらでも見つかるだろうに。

（人づき合いの経験値が低くて、友情と性愛の区別がついてないとか？　いや、いくらなんでもそんな間違いはしないか）

自分の友人たちの顔を思い浮かべてみた。

ありえない。いずれも大事な友人だし、借金の申し込みや仕事の相談なら真剣に相手をするけれども、彼らを性行為の対象にするのは無理だ。考えただけでも鳥肌が立つ。友情と混同することなど考えられない。

(なんていうか、『鮒《ふな》寿司を食べられるか』のレベルじゃなくて、『寿司桶《おけ》を食べられるか』レベルだ。無理だ。絶対に無理。生理的に受けつけない)

瑞紀は自分に覆いかぶさったままのハーフィズに視線を向けた。顔を伏せているので表情はわからない。息遣いがとても静かだ。

「ハーフィズ……?」

呼びかけたが返事はない。もしや眠ってしまったのではなかろうか。

だんだん重くなってきたが、カシムの怪我で張りつめていた気持ちがゆるんで寝入ったのなら、起こすのは気の毒だ。もう少しこのまま寝かせておこうと思った。

(ハーフィズは、またそのうち僕と、その……するんだろうなあ)

さっきの台詞から考えると、ハーフィズは自分を抱くのをやめるつもりはないようだ。今夜はしないとしても、明日か明後日《あさって》には間違いなく求めてくるだろう。

それがわかっていて自分は今、ハーフィズを抱き止めている。鳥肌が立つわけでもないし、吐き気を催すでもない。

(どうしたんだ、僕は……?)

気がついた途端に胸の鼓動が速くなった。

他の誰かが相手だとしたら考えるだけでげんなりするのに、平気ではないにせよ、ハーフィズとは何度も寝ている。しかも彼とこうして接していても拒否感を覚えない。

（いや、別に、ハーフィズを好きなわけじゃない。彼が無理矢理、その、するから、従ってるだけで……違うんだ。僕は何も……）

顔がほてるのがわかった。

なぜ自分は、ハーフィズを押しのけることができないのだろう。

（まさか……いや、そんな……）

初めて会った時、いや、顔を見るより前に声を聞いた時から、その深みのある響きに惹かれた。力強く男性的な容貌は、男の自分の目から見ても魅力的に見えた。

嵐《あらし》のような猛々《たけだけ》しさに押しひしがれ、自我を突き崩されて、死にたいと感じたこともあった。自分の気持ちを考えない強引な行動を取っておきながら、ぬけぬけと『愛している』という彼に怒りを覚えもした。

それでも今なら理解できる。傲岸不遜な態度は、彼が人との距離の取り方を知らなかったせいなのだ。

市場で棚が倒れてきた時は、体でかばってくれた。自分に暴言を吐いたサリームをひっぱたいて叱った。自分が日本でしていた疫学研究を続けたいと言えば、大学教授の地位を用意しようかと言った。

ハーフィズなりに、自分を守ろう、喜ばせようとしているのだろうか。

そして自分は彼を――。

(嫌いじゃないのは確かだ。でも友情止まりのはずだ。だって僕は同性を好きになったことなんかない。ましてハーフィズは八つも年下の、一国の王子なんだ。こんな関係、すぐ終わるに決まってるじゃないか。それがわかってて、そんな馬鹿なこと……)

馬鹿げていると思いながらも、否定しきれない。自分の心がわからない。

帰邸を促す自動車電話がかかってくるまで、瑞紀は困惑しきって身動きできないまま、ハーフィズの寝息を聞いていた。


それから二日がすぎた。

瑞紀は離宮の中庭で学会誌を読んでいた。噴水のあるこの場所は空気が適度に湿気を含んでいて、瑞紀にとって居心地がいい。午後の日差しは強いが、木陰にいれば暑くはなかった。

白い長衣の人影が庭へ入ってきたのが視界の端に映り、瑞紀は顔を上げた。ハーフィズかと思ったが、違った。サリームだ。

「何してるのさ?」

問いかけられて瑞紀はとまどった。

「本を読んでる。……ハーフィズなら、王宮へ行ってまだ戻っていないよ」

「ふん。そんなことぐらい知ってるよ。そろそろ飽きられて捨てられたかと思って、見に来ただけ」

　相変わらずとげとげしい口調だが、ハーフィズの叱責が効いたらしく、この前のようなあからさまな罵倒はしてこない。どういうつもりか、瑞紀の隣に腰を下ろした。

「カシムが入院したってほんと？　どこの病院？」

「首都の王立病院だよ。大怪我をして出血多量になったんだ。ついでに持病の治療もするって」

「ああ、カシムは肝臓だか膵臓《すいぞう》だかが悪いって、前から言ってたもんね。ふーん、そうか。ほんとなんだ。人に知られないようミズキを日本へ帰す手続きをするために、病気って口実で王宮へ出てこないんだと思ってたのに」

　よほど自分を日本へ帰したいらしい。学会誌を閉じて、瑞紀は溜息混じりに答えた。

「本当に入院してるんだよ。疑うならお見舞いに行ってあげればいい」

「なんでボクがそんなこと。兄様の腹心とはいっても、カシムはただの召使いじゃないか。……あ、蜂《はち》」

　馬鹿にしたように肩をすくめたあと、サリームは自分の胸元や瑞紀の袖のあたりを、片手で何度も払った。瑞紀には見えなかったが、市場の爆発事件の時、ハーフィズは人混みの中で素早く脱出用の横道を見つけたし、この国の人々は目がいいのだろう。

　それよりカシムを見下す口調が気になった。兄の側近をないがしろにしていては、いつかサリーム自身の不利益になるのではないだろうか。

(まだ子供で世渡りには無頓着《むとんちゃく》なのかもしれないけど……ある意味純粋とも言えるけど)

だがこんなふうに言われているのをカシムが知ったら、いい気はしないだろう。宗教画の天使のような姿をしているのだから、愛想よくさえすれば誰からも好かれるだろうに、サリームはもったいないことをしていると思う。

「なんだよ？　人の顔をじろじろ見てさ」

「いや、別に……」

「変なの。まあいいや。まだしばらく、この離宮に居座るつもりってことだね。ちぇっ」

舌打ちをして、サリームはベンチから立ち上がった。ハーフィズがいないうえ瑞紀が日本へ帰されるわけでもないと知って、これ以上ここにいる気をなくしたらしい。

「あれ？　カフス、どうしたの」

サリームに言われて気がついた。左袖口のカフスボタンがなくなっている。どこかで落としたのだろうか。

残っている右側を見やり、サリームが肩をすくめる。

「あーあ。それ、エメラルドじゃないか。兄様やボクにとっては大した物じゃないけど、あなたみたいな庶民にとっては、一家族が一年や二年は暮らせる値段じゃないかなぁ。簡単になくしちゃって。……ずいぶん早く贅沢に慣れたね。それとも兄様のプレゼントなんて、ぽいぽい捨てちゃってもいいほど価値がないってこと？」

「捨てたわけじゃない」

「でも現になくしてるじゃないか。分不相応な宝石なんかねだるからだよ」

明らかに悪意のこもった言い方をされ、さすがに腹が立った。瑞紀はサリームを正面から見据えていった。

「ねだったりはしていない。僕はシンプルな服がいいと言ってるのに、こういう服しか用意してくれないんだ。下着姿でいるわけにもいかないだろう。……不注意でなくしたのは僕の責任だけど、それはハーフィズに謝る。第三者の君が口を突っ込むことじゃない」

サリームとの会話はすべて英語なので、言いたいことが伝わっているかどうか心配だったが、口調で通じたのかもしれない。サリームはふんと鼻を鳴らして横を向いた。

「生意気」

言い捨てて、立ち去ってしまう。白い長衣はすぐ灌木の陰に隠れて見えなくなった。

瑞紀は肩を落として溜息をついた。

(十歳以上も年下の子から、『生意気』って……)

それればかりか、八歳下のハーフィズにはしょっちゅう『可愛い』とか『いい子だ』とか囁かれている。二十七歳の男としてこれはどうなのだろう。もっともハーフィズには、力でも体格でも風格でもかなわないのだが――。

(……そんなこと考えてる場合じゃなかった。カフスだ、カフス。いつ落としたんだろう?)

部屋を出た時にはあったような気がする。庭を散策してこのベンチに座るまでの間に、落としたのだろうか。庶民の家族が一年や二年は暮らせる値段と言われると、『落としました』

ではすまされない。

瑞紀は地面に這いつくばり、カフスボタンを捜し始めた。しかし庭は広い。しかも青々とした芝生に覆われ、綺麗に刈り込まれた灌木や石の彫刻が散在している。下草の間を透かし見たり、灌木を揺すったりしたが、見つからなかった。

「……何をしている？」

頭上から耳慣れた声が降ってきた。振り仰ぐと、ハーフィズが自分を見下ろしている。逆光で表情は見えないが、あきれた口調なのはわかった。

「カフスボタンをなくしたんだ。この庭で落としたと思うんだけれど」

左袖を見せ、再び瑞紀は地面に膝をつき、カフスを捜し始めた。ふと気がついて、突っ立ったままのハーフィズに詫びる。

「すまない」

「なぜお前が私に謝る？」

「君が用意した服だ。それなのになくした。ごめん。またこんなことになったら困るから、今後はもっとあっさりした服、できたらコットンシャツとジーンズか何かに……なんだよ」

瑞紀はむっとして尋ねた。言葉の途中でハーフィズが面白そうに笑い出したせいだ。笑われるようなことを言った覚えはない。

「気にするな。新しいのを用意すればすむことだ。強情なくせに、瑞紀は時々本当に可愛いことを言う」

「可愛いとか言わないでくれ。僕の方がずっと年上……あっ」

小さな声をあげたのは、カフスボタンではなく、植え込みの陰に猫がいるのを見つけたからだった。

「迷い猫かな？　おいで。……おいで」

手を伸ばしてみた。猫はじっと瑞紀を見ていたが、警戒心が勝ったらしい。走り去ってしまった。

「あーあ。逃げちゃったか」

苦笑した瑞紀に、ハーフィズが話しかけてくる。

「猫が好きか？　ほしいのなら手に入れてきてやろう。ああいう茶色い猫がいいのか？」

「好きだけど……いいよ。要らない」

瑞紀は首を左右に振った。

たまたま見かけたから構いたくなっただけだ。自分自身がハーフィズに飼われているに等しい状態なのに、そんな身の上でペットを飼うのは滑稽《こっけい》だ。

「なぜだ？　いい気分転換になるぞ。今までにも、ここで小鳥や猫や馬を飼っていた者はいた」

小さく、けれど鋭い痛みが瑞紀の胸を走った。ハーフィズが口にしているのはきっと過去の愛人たちのことだろう。同列に扱われるのはいやだ。

（僕は愛人にはなれない）

それにハーフィズが過去形で喋ったのも気になった。彼に心を捧《ささ》げた愛人でさえ、品物を取り替えるように飽きればお払い箱にしたと聞いている。彼を愛せないとはっきり口に出す自分など、いつ放り出されても不思議はない。

「飼えない。一生面倒を見る覚悟なしに、飼ったりはできないよ。……いつここを去ることになるかわからないのに。日本へ連れて帰るわけにもいかないだろうし」

そう言って地面に視線を落とした瞬間、ハーフィズが覆いかぶさってきた。

「わっ⁉ な、何をするんだ！」

「帰さない」

「ち、ちょっと……どいてくれ、重い！」

「お前は帰さない。どこへもやらない。ずっと私のそばにいるんだ。言っただろう、友達としてなら一緒にいてもいいと。それなのになぜ、日本へ帰ることを考えている？」

苛立ちが混じった声で言いながら、ハーフィズは瑞紀の長衣を腰の上までめくり上げた。続いてズボンを下着ごと引き下ろしにかかる。

「ち、ちょっと……やめろ！　これが友達同士ですることか⁉」

「愛人なら当たり前だ。お前が一方的に『友達ならいい』と言っただけで、私は承諾した覚えはない」

「それは、そうだけど……‼」

先日、夜の砂漠で考えたことが胸をよぎった。自分のハーフィズに対する気持ちは友情でしかないはずと思っていたのに、そうとも言いきれないことに気づいてしまった。

今、体を重ねたら、余計に混乱してしまう。

「よせ!! やめてくれっ！ いやだ！」

瑞紀は必死にもがいた。だが起き上がって逃げ出そうにも、肩に載った左手でしっかり地面に押しつけられて、どうにもならない。考えてみれば這いつくばって尻を上げて捜し物という姿勢は、後背位で抱かれる格好そのままだ。不用心すぎた。

「やめないか、ハーフィズ！」

「じっとしていろ。……どこへもやらない。お前は私のものなんだ、日本へ帰らせたりするものか」

口調だけ聞けばまるで駄々っ子だが、力はハーフィズの方がずっと強い。瑞紀は押さえつけられ、ズボンと下着を膝までずり落とされてしまった。

大きな手が前に回って瑞紀自身をとらえ、しごき始める。

「あっ……や、やめ……」

「本当にやめてほしいのか、瑞紀？ ここは、もっとほしいと言っているようだが」

「違うっ……頼むからやめてくれ！ こんな場所でなんか……!!」

「夕暮れが近づいて気温が下がってきたし、ここは日陰だ。多少運動しても熱射病にはならない」

「そんな問題じゃない！ 人に見られたらどうするんだ!!」

首をねじ曲げ、必死に懇願した。ハーフィズが楽しそうに笑った。

「顔が真っ赤だ。そんなに恥ずかしいか？　相変わらず慎ましいな。わかった、人が近づかないようにしてやろう。私もお前のこんな姿を、他の者に見せたくはない」

瑞紀自身を弄ぶ手を離し、めくり上げていた長衣の裾《すそ》を下ろしてむき出しになっていた下半身を覆う。それでも瑞紀を解放してはくれない。覆いかぶさって押さえ込んだままだ。

ハーフィズがアラビア語で何か叫んだ。

やがて召使いがガラスの小壜を捧げ持って現れた。恥ずかしくて目を合わせられず、瑞紀は地面に顔を伏せた。ハーフィズはさらに何か命じているようだ。

召使いの足音が遠ざかったあと、瑞紀は顔を上げてなじった。

「な、なぜ人を呼ぶんだ！　見られるのはいやだと、僕は……!!」

「だから長衣を下ろして体を隠してやっただろう。香油なしではお前がつらい思いをする。……誰も庭へ近づくなと命じた。屋敷の中であっても声の聞こえる範囲にいてはならないと言ったから、もう恥ずかしがる必要はないぞ」

感覚に根本的な違いがある。見られるとか声を聞かれるのは恥ずかしいが、それ以前に昼間から男同士でこんな真似《まね》をしていると知られること自体が、瑞紀には恥ずかしいのだ。

しかしハーフィズには通じない。

「邪魔者はいない。いつもの可愛い声で啼け、瑞紀」

「いやだっ！　やめてくれ、せめて部屋の中で……あ、あっ……!!」

香油に濡れた指が、自分の後孔を探り始めた。いきなり突き立てるのではなく、表面の肉《にく》襞《ひだ》一つ一つを丹念に拡げるように動く。くすぐったさに身をよじって逃れようとしたが、ハーフィズが上半身の重みを預ける形で覆いかぶさっているので、どうにもならない。

「や、やめ……いやだ、くすぐったい……」

「なら、こうしてやろうか?」

笑いを含んだ声と一緒に、吐息が耳朶《みみたぶ》を嬲る。香油のぬめりを借りた指が中へ沈んだ。

「うっ……あ、ぁああっ!」

指は無遠慮に奥へ進み、かき回すように動いて、敏感なしこりを探り当てた。ゆっくり押されると、一瞬息が止まる。

力をゆるめられて息を吐いた瞬間、軽くこすったり、また押されたりすると、もう自分でもどうしようもない。下腹部が熱くたぎり始めた。

「……っ、うぅ……もう、許し……はぅっ!」

「まだ何もしていないぞ。それに今やめたら、困るのはお前の方だろう」

「あっ、あ……違う、そん、な……っ」

後孔を犯す指が増えた。巧みな動きが瑞紀の体を熱くほてらせ、昂ぶらせていく。

絶え間ない喘ぎとともに、口の端から唾液がこぼれ出るのがわかる。頬はほてり目には涙がにじんで、どうしようもなく見苦しい顔になっているだろう。

だが瑞紀にのしかかって顔を覗き込んだハーフィズは、欲情にうわずった声で囁いた。

「可愛い奴……私から離れることなど絶対に許さない。帰すものか」

衣擦《きぬず》れの音がした。ハーフィズが自分の長衣をたくし上げ、ズボンと下着をずらしたようだ。硬く熱い感触が、ほぐされた肉孔に触れた。

「……あうぅっ！」

押し入ってくる怒張の逞しさに、悲鳴じみた声が漏れた。ハーフィズは構わずに、杭《くい》を打ち込むような動きで押し進めてくる。

「あっ、あ、あ……ひぁっ、う……‼」

半面を地に押しつけ、庭の下草を握りしめて、必死に瑞紀は耐えようとした。指の間で草がぷつぷつとちぎれ、青臭いにおいが鼻孔をかすめた。

「い、いや、だ……許して、く……」

「嘘を言うな。ここはもう暴発寸前だ」

「ふ、ぁうっ……あああっ！」

握られしごかれたうえ、先端を軽く押されると、一溜《ひとた》まりもなかった。草の香に、自分が迸らせた精液のにおいが混じった。

体の力が抜けたが、大きな手にしっかりとつかまえられているために腰を落とすことはできなかった。ハーフィズをくわえ込み、高々と上げたままの姿勢で、なおも揺さぶられる。

「あっ、あ……もう……」

「いい声だ、瑞紀。もっと啼け。私はまだ満足していない。お前も一回では物足りないだろ

う？」

「や……そこ、は……ひぁうっ！　は、あぁ……!!」

抵抗などできなかった。

ハーフィズの言うとおり、自分の体はさらなる快感を求めている。まだ明るいうちに庭で犯されるという、普通なら耐えがたいはずの状況なのに、快感が理性を溶かしていく。腰が勝手にハーフィズの動きに合わせて揺れ、肉孔がひくついた。吐息と共にこぼれる声は、自分でも耳を塞ぎたくなるほど甘い。

「……くっ！」

低く呻く声と同時に、ハーフィズが深々と打ち込んできた。

中に熱い液を注ぎ込まれたのがわかった。

余韻を味わうようにハーフィズが、二度、三度と突き入れてくる。その感触に耐えきれず、瑞紀は再び達して、ハーフィズの手に迸らせた。

腰をつかまえていた手を離されるともう、体を支えられなかった。地面へ倒れ込んだ。

「どうした、疲れたか？」

「……見れば、わかるだろう……」

「たったの一回だぞ」

ハーフィズはそうでも自分はすでに二回達している。しかも戸外という緊張感を伴う場所で抱かれたせいか、ものすごく疲れた。

体を起こす気力もない瑞紀を見下ろし、ハーフィズは溜息をついて衣服を直した。

「仕方がないな。もうすぐ日が落ちる。中へ連れていってやろう」

長衣を引き下ろして下半身を隠してから瑞紀の体を軽々と抱き上げ、ハーフィズは建物の入り口へ向かった。

「カフスのことなど気にするな。いくらでも買ってやるし、エメラルドが気に入ったというならあとで召使いに捜させる」

「要らない……見つからなくても、叱らないでくれ。落としたのは僕だ。僕の責任なんだ……」

疲れ果てていたけれども、これだけは言っておかなければならないと思った。自分のせいで召使いが叱責されるのは気の毒だ。

ハーフィズの不満げな声が聞こえた。

「お前は召使いには優しいな。猫にもだ。なぜ私の言うことだけは聞かない？」

そんなことを言われても困る。承服できないような難題ばかり持ち出すのは、ハーフィズの方だ。

「どうして私にだけは従わないんだ。……そんなに私が嫌いか」

沈んだ声音が心に刺さる。

（違う。嫌いなわけじゃない。むしろ……）

好きかもしれないから迷っているのだ。けれどもそんなことを口に出せるわけはない。

表情を読まれたくなくて、瑞紀は目を閉じた。

——この時、正直な気持ちをハーフィズに伝えていたら、あとの事態は変わっていたかもしれない。

だがその時の瑞紀に、それがわかるはずもなかった。

4

ノックの音に気づき、机に向かっていた瑞紀は学会誌から顔を上げた。ハーフィズが戻ったにしては早すぎるから、ムウニスが気を利かせて飲み物か何か持ってきてくれたのかもしれない。

「どうぞ。鍵《かぎ》はかけてないよ」

椅子《いす》に座ったまま返事をした瑞紀は、入ってきた者の姿を見て眉をひそめた。

サリームだった。自分を嫌っているはずなのになぜ部屋までやってくるのだろう。

相手は王子なのだから敬意を表して立ち上がるべきかと思ったが、サリームが無遠慮に部屋を見回して、

「へえ……いい家具ばかりじゃない。兄様に買わせたんだろ？　上手にねだるね」

などと言うので、その気をなくした。

真正面から怒るような大人げない真似はしたくない。それでも敵意と侮蔑をむき出しに突っかかってくる物言いはやはり不愉快だ。

「ハーフィズはいないよ」

サリームは日本語が話せないし、自分はアラビア語がわからない。だから二人の会話は英語だ。多少つっけんどんな言い方でも、日本語ほど目立たないのを、瑞紀は心ひそかにありがたく思った。

サリームは肩をそびやかした。

「知ってるよ。父様が兄様を呼んだんだ。……なぜか知ってる？」

「いや、何も……」

ハーフィズ自身もなんの用で呼ばれたかわからない様子だったが、多分譲位の話だろうと言っていた。王は病気がちで、以前からそう望まれているらしい。ハーフィズは、大胆な政治改革を推し進めるためにもう少しの間、王子という自由な立場にいたいと考えているようだが、国王にはまた別の考えもあるに違いない。

サリームはにんまり笑った。

「ふふん。そうだろうね。いくら兄様に囲われていたって、しょせん一般人だもの。王宮内のことなんかわからないよねえ。……だからボクが親切に教えに来てやったんだよ。ミズキにも関係のあることだしさ」

サリームの言葉にはいちいち棘《とげ》がある。しかし自分に関係した話と言われると、無視するわけにはいかない。

「聞きたい？　聞きたいよね。じゃ、特別に教えてあげるよ」

楽しそうに笑って、サリームはソファに腰を下ろした。そばへ行く気にはなれず、瑞紀は椅子を回してサリームの方を向いた。

「兄様の結婚の話」

「結婚……」

思わず問い返した言葉は、口の中で頼りなく消えた。

ハーフィズは王位を継ぐことに決まっている。彼に娘を嫁がせたい、縁をつなぎたいと思う者は国内外を問わず大勢いるに違いない。むしろ今まで一人も妻がいなかったことの方が不思議だ。瑞紀自身もそのことは何度か考えたのだが、具体的な話が出ていると聞くと、なぜか激しく心が揺れる。

黙り込んでいる瑞紀の耳に、小気味よさそうな笑い声が聞こえた。

「あのさぁ、どうして突然、父様が兄様を呼びつけてまで縁談を勧めてると思う？」

「え……？」

「政務の時とか、顔を合わす機会はいっぱいあるのに、それまで待てなくて呼びつけたのには理由があるに決まってるじゃないか。……あなたのせいだよ。父様にばれたのさ、兄様が男の愛人を離宮に住まわせてるって」

「！」

「父様は兄様に甘いけど、これだけは見過ごしにできないんじゃないかなあ。だって兄様の将来に関わるもの。今は王子の気楽な身分だよ。でも兄様が王になった時、あなたがそばにいたらどうなる？　この国では同性愛は犯罪なんだからね」

言われなくても知っている。

王位に就けばハーフィズを包む環境は大きく変わる。身辺に注がれる視線も、今とは比較にならないほど密になるだろう。日本人を誘拐してきて愛人扱いにしていることが、ばれずにすむとは思えなかった。

「兄様は引きずり下ろされて他の兄弟が王位を継ぐことになるかもしれないよ。そうなったら、人望も才能もある兄様は新しい王にとって不安な存在だ。無事に生かしておいてもらえると思う？　そんなわけないじゃないか。……わかる？　兄様に何かあったらミズキのせいだよ」

返事ができなかった。サリームの言葉は辛辣《しんらつ》だが、内容はすべて正鵠《せいこく》を射ている。

しかもまだ話は続いていた。

「それに王には当然王妃が必要だしさ。今までは独身だったけど、兄様は女の人と結婚して、子供を作らなきゃならなくなる。男なんかに構ってる場合じゃない。……あなたは兄様の足を引っ張る、邪魔な存在なんだ」

瑞紀の胸が、錐《きり》を突き立てられたように痛んだ。

好んでこの国へ来たわけではない。ハーフィズに力ずくで犯され、無理矢理愛人にされただけ――そう言い返すこともできたが、言葉が出てこなかった。

ハーフィズが自分を抱いた時と同じように、どこかの女性に甘い愛撫を与え、あの深みのあるバリトンで快感を煽る言葉を囁くのかと思うと、息が苦しくなる。

(苦しい？　なぜだ？　まさか、僕は本当に……)

ハーフィズの気持ちがどうあれ自分には恋愛感情はない、友情止まりだ——そう思おうとしていた。力ずくで抱かれ、体が意志に反して応えているのだと、思いたかった。それなのにこの胸の痛みはなんだろう。

ソファから立ち上がったサリームは、小気味よさげに笑った。

「日本人は謙虚な民族なんだろ。兄様の足枷《あしかせ》になる前に、自分から身を引いたら？　とはいっても、兄様が帰ってきたら速攻でお払い箱かもね。父様が選んだ花嫁候補は、みんな若くて綺麗で家柄のいいお姫様ばかりだってさ。あなたとはわけが違うよ」

黙ったままの瑞紀に最後の一言を投げつけ、サリームは意気揚々と帰っていった。

残された瑞紀は、椅子の向きを変え、学会誌に意識を戻そうとした。今読んでいる文献のテーマは自分の研究と密接に関わる。サリームが来るまではきわめて興味深い内容だったのに、今は単なる英単語の羅列にしか見えなかった。

(ハーフィズが結婚する……)

結構なことだ。ハーフィズが相手の姫君に興味を移せば、自分は日本へ帰らせてもらえるはずだ。

(僕がずっと望んでたことじゃないか)

それなのになぜだろう。胸に穴が開いて風が吹き抜けるようだ。自分はいったい、何がつらいというのか。

（僕がいなくなったらハーフィズは誰に苛立ちや弱さをぶつけるんだろう。媚びへつらわれるのが好きじゃないみたいなのに。もし結婚相手がそんなふうだったら……いいや。考えるな。考える必要なんてない。サリームの言ったとおりなんだから）

今の暮らしは間違っている。自分は同性愛者ではない。王子の気まぐれに巻き込まれ、犯罪同然のやり方で愛人にされているだけだ。これは、自分とハーフィズの関係を正しい方向へ修正するためのチャンスなのだ——瑞紀は懸命に自分に言いきかせた。

友人としてハーフィズの苛立ちや孤独を受け止める役を果たすことも考えたが、当人が友情止まりの関係では納得してくれない。あくまで自分を愛人としてそばに置きたがっている。そこが折り合わない。

自分の存在が彼の足を引っ張るのなら、潔くこの国を去るべきだ。

その夜、ハーフィズは国王に引き止められてでもいるのか、離宮へは戻ってこなかった。ゆったりと休めるはずの独り寝の夜になぜか寝つけず、瑞紀は何度も寝返りを打っては、自分の進退について考え続けた。

ハーフィズが離宮へ戻ってきたのは、翌日の昼前だった。

一晩中考えて結論を出した瑞紀は、帰邸を知ってすぐ、『会って相談したいことがある』という伝言をムウニスに言付けた。ハーフィズが離宮へ政務を持ち帰ることは珍しくないので、無闇に部屋を訪ねるのははばかられる。

「このお部屋で待っているようにとおっしゃいました。手が空き次第、殿下の方からおいでになると……」

戻ってきたムウニスは瑞紀にハーフィズの返事を伝えたあと、心配そうな表情でつけ加えた。

「なんだか殿下はご機嫌がよくないみたいです。ミズキ様、お気をつけください」

だからといって、それならあとでというわけにはいかなかった。父親から注意を受けたばかりの今なら、聞き入れてもらいやすいはずだ。

ハーフィズが瑞紀の部屋へ来たのは、その十五分ほどあとだった。召使いは呼ぶまで下がっているようにと命じた口調が、想像以上の不機嫌さを示していた。

「私もお前に言わなければならないことがある。……だがまず、お前の話から聞こうか」

どっかりとソファに腰を下ろしたハーフィズの目つきが、ひどく険悪だ。

言わなければならないことというのは、昨日サリームに聞いた話だろう。第一王子であるハーフィズの足元をすくう存在となる同性の愛人を手放すよう、父親から命じられたのに違いない。プライドの高いハーフィズにとって、父親とはいえ他者の言葉に従わされるのは、我慢ならないのだろうか。

不機嫌の理由をそう解釈し、瑞紀は向かい合う位置に腰を下ろした。

「単刀直入に言うけど……僕を日本へ帰してほしい。昨日国王陛下に呼ばれた用件は、その言わない。

ことだったはずだ」

ハーフィズが眉を吊り上げた。漆黒の瞳が射抜くようにこちらを見据えている。だが何も言わない。

沈黙がかえって心に痛い。

(別れるのがお互いのためだ。ハーフィズのためだし、僕が望んでいたことなんだ)

そう自分自身に言い聞かせ、瑞紀は言葉を継いだ。

「僕を日本へ帰らせてくれ。イスラム教では同性愛は重罪なんだろう？　君はもうすぐどこかの姫君と結婚して王位を継ぐんだし、そうなったら僕の存在はスキャンダルにしかならない。表沙汰にならないうちに終わらせるのがいいんだ」

「表沙汰にしようとしたのはお前だろう」

冷えきった声で投げられた言葉の意味が、わからない。瑞紀はとまどった。

「召使いを買収して父上に密告《こそく》させたな。父上の命令なら、私がお前を手放して日本へ返すと思ったのか？　裏でそんな姑息な手を使っておいて、さも私のことを案じているような顔で『私のためにならない』だと。ふざけるな」

「なんのことだ。密告だって？」

まったく身に覚えがない瑞紀としては、当惑するばかりだ。

「しらばっくれるな。わざわざ父上に密告する理由があるのはお前だけだ」

「知らないよ。この離宮から出られないのに、どうやって……君は何か勘違いしてるんだ」

馬鹿馬鹿しい誤解だと感じて瑞紀の口元がゆるんだ。その笑みがハーフィズにどう受け取られるかなど、わかるはずもなかった。

黒い瞳に危険な光が走った。詰問する声は一層冷たさを帯びる。

「どこまでも白を切るつもりか。召使いが白状したぞ。お前に宝石をもらって、父上に知らせるよう頼まれたと」

「ち、ちょっと待ってくれ。誰がだって？」

「お前は先日、エメラルドのカフスボタンをなくしたと言っていた。本当はなくしたんじゃなく、隠しておいて、召使いを買収するのに使ったんだな」

ハーフィズは何か誤解している。カフスボタンは本当になくしたのだし、召使いを買収した件に至っては完全な濡れ衣だ。国王がどんな性格かわからないのに密告などできない。もし国王が同性愛に激しい嫌悪を抱いていたら、ハーフィズの立場はどうなることか。信頼していた長男だからこそ許せないとばかりに、厳しい処罰が下されるかもしれない。

「違うよ。僕はそんなことはしていない」

「ごまかすな！　他の誰が、そこまでして私がお前を手放すように仕組もうとする⁉」

どなりつけられてようやく瑞紀は、ハーフィズが抱えた怒りの激しさと、誤解の根深さに気づいた。

単なる勘違いではない。これは罠《わな》だ。

誰かが召使いに宝石を渡し、瑞紀の名で国王への密告を頼んだのだ。そしてハーフィズは、瑞紀が裏でこそこそ謀略をめぐらせる一方、親切顔で別れを切り出したと思い込んで、裏切り行為に腹を立てている。
「待ってくれ、話を……うぁっ‼」
釈明の時間は与えられなかった。
ハーフィズが瑞紀の手首をつかまえ、立ち上がる。
「い、痛い……！」
瑞紀が捻挫《ねんざ》しようが骨折しようが、知ったことではないと言わんばかりの容赦のないつか
み方だった。今までとは明らかに違う。
「私の立場をそれほど案じるというのなら、中途半端な気取りを捨てて心から尽くしてもら
おう。……ベッドの上でだ」
力ではまったくかなわない。ハーフィズは引きずるようにして瑞紀を続き部屋の寝室へ連
れていき、ベッドに放り出した。
「やめろ、誤解だ！」
叫んだが、ハーフィズはまったく耳を貸してくれなかった。瑞紀の長衣の襟に手をかけ、
左右に強く引いた。宝石細工のボタンがちぎれ飛び、布地が裂ける。
瑞紀の上半身があらわになった。
カーテンを開けた窓から入る日差しは、真昼の明るさだ。その下で今からされることを思
うと、羞恥に息が止まりそうになる。

「よせ、ハーフィズ！　僕は本当に何も……っ！」

不意に大きな手が瑞紀の喉を押さえ、気管を圧迫した。息ができない。

引き剝がそうとハーフィズの手をつかみ、爪を立てたが、小揺るぎもしなかった。

黒い瞳が、憎悪の光を浮かべて自分を見下ろしている。

「……っ……」

声が出ない。胸が苦しい。肺が二酸化炭素で破裂しそうだ。目の前が暗くなる。まさかこのまま絞め殺すつもりなのだろうか。

（いやだ、ハーフィズ……こんな、誤解されたままで……）

手が離れた。

瑞紀は横を向き、喉を押さえて激しく咳をした。苦しさで涙が出てくる。

ハーフィズの声は冷ややかだった。

「これ以上私を怒らせるな、瑞紀。自分でも、何をするかわからない」

咳はまだおさまらず、返事などできない。だが逆らうことの危険は身にしみた。

ハーフィズは護身術か何かを心得ているらしく、日本で拉致された時には鳩尾を突かれてすぐに意識を失った。だからさっきも、頸動脈《けいどうみゃく》を押さえて自分を簡単に気絶させることができたはずだ。それなのにあえて気管を圧迫したのは、自分を苦しませ、恐怖を与えるための脅しに違いない。

破れた長衣に続き、ズボンと下着をむしり取られても、瑞紀は動けなかった。恐怖が体を金縛りにしていた。

ハーフィズはベルを鳴らして召使いを呼び、アラビア語で何か命じた。一度出ていった召使いはすぐに、宝石で飾られた小箱を捧げ持って戻ってきた。

召使いが去ったあと、箱を開けたハーフィズが取り出したのは、濃い藍色《あいいろ》をしたガラスの小壜だった。

大きさは栄養ドリンクの壜ほどか。イスラム寺院のモスクを思わせる、何段ものくびれがついた複雑な形をしている。丁寧に施された金の彩色や象眼には、年月を経たのか色褪《いろあ》せた部分もあった。栓と壜のわずかな隙間《すきま》からにじみ出すにおいは、今まで使っていた香油とはまるで違っていた。

「これが何かわかるか?」

暗い笑みを瞳に浮かべ、ハーフィズは瑞紀を見やった。

「王家に代々伝わる秘薬だ。この薬を塗り込めば、感じているくせに感じないなどという嘘はつけなくなる。お前は嘘つきだからな。よがり泣いているのにいやだと言ったり、自分が逃げたくて父上に密告したくせに、私のためだとごまかしたり」

「違う、僕は本当に……!!」

「聞きたくない!」

釈明を遮り、ハーフィズは壜の栓を取った。片手で瑞紀の腰をつかまえ、強い力で引きずり上げる。

「！」

瑞紀の全身が羞恥に熱くなった。

マット運動の後転をしている途中のような、後頭部と肩をベッドにつけて腰を高く上げた姿勢だ。後孔も性器も真昼の日差しを受け、男の視線に晒されている。

ハーフィズが小壜の栓を取った。濃厚すぎる甘い香りが空中にあふれ出した。

「ハ、ハーフィズ⁉　何をする気なんだ、やめてくれ‼」

「暴れると怪我をするぞ」

言いながら、ハーフィズは瑞紀の体を押さえつけ、片手の指を後孔の縁にかけて拡げようとする。もう片方の手にはあの小壜を持ったままだ。

「いやだっ！　いやだ、やめ……あああぁーっ‼」

激痛に耐えかね、瑞紀は絶叫した。

中身がこぼれ出すのも構わず、ハーフィズが小壜を逆さにして瑞紀の後孔へ突き立てたせいだった。壜の口は、太すぎるというほどの大きさではない。しかしまったく後孔をほぐさない状態で突き刺されたのだから、痛みは強かった。

こぼれた中身のぬめりを借りて、ハーフィズはさらに壜を深く差し込む。

「普通は一すくいも塗れば充分なのだが、平気な顔で嘘をつくお前にはそれでは足りるまい。一壜全部、流し込んでやる」

「い、いやだ……こんな……」

「ふん、こんなのはいやだと？　なるほどな、細い壜一つでは満足できないというわけか。欲張りな穴だ」

瑞紀の言葉を違う意味にすり替えて繰り返し、ハーフィズが壜を揺すった。

異物に拡げられた後孔が引きつり、媚薬の刺激か、粘膜が炙《あぶ》られたかのように熱を帯び始める。

「違う、そんな意味じゃ……あうぅっ！」

「すぐに吸収される。効いてくるまで三分もかからない。効果が抜けるまでの時間は……たっぷり流し込んだから、さて、どのくらいかかるかな」

壜が刺さったままの瑞紀の後孔へ、ハーフィズは横から指を押し込んだ。中をかき回すようにして、小壜からこぼれ出た液体を粘膜へ塗りつけていく。

「やめてくれっ！　痛い、頼む、抜いて……あぁぁっ！　やっ、そこ……いや、だ……‼」

「お前の言葉は嘘ばかりだ」

暗い口調で呟いてハーフィズは壜を揺すり、中に入れた指をうごめかせた。とろみのある液体が肉孔の中へ無理矢理に流し込まれ、塗り込まれていく。濡れた肉にさらに液体をなすりつける時の、たとえようもなく淫猥《いんわい》な音が寝室に響いた。

「あっ、あ、ぁ……いや、だ……やめ……ひぁっ、う、ぅんっ……」

瑞紀の頬を涙が伝い落ちた。

こんなのはいやだ。

始まりは無理矢理だったが、決してハーフィズを嫌ってはいなかった。自分よりずっと年下なのに、次代の王として国の将来を真面目に考えている姿を、尊敬した。意外に子供っぽい面があることを知り、可愛いとも感じた。自分の心がハーフィズに傾きかけていることに気づき、危惧《きぐ》を覚えてもいた。

だからこそ、こんなふうに薬で意識を濁らされて弄ばれるのは、絶対にいやだった。

なのに体は瑞紀の意志を無視して熱くほてり始める。拒絶する言葉の合間に、止めようもない喘ぎ声が混じり始める。自分で自分をコントロールできない。

「は、ぁうっ……く……許、し……あぁっ！」

中に入った指が、一番敏感なしこりに触れた。押すところまでいかずに軽く当たるだけでも、電流のようなしびれが生まれて全身に震えが走る。くびれのついた壜が敏感な粘膜をこすり、瑞紀を煽り立てていく。

やがて、じゅぷっ、といやらしい音をたてて指が抜かれた。突き刺さった小壜はそのままだ。

「あっ……」

「全部流れ込んだな。……もう少しこのまま栓をしておこう。ガラスが厚いから割れはしないだろう」

「う、ぅっ……」

高々と上げていた腰を支える手を離して、ハーフィズは瑞紀を仰向けに転がした。その動きが、後孔に差し込まれたままの壜に響く。瑞紀は呻いた。

痛いのではない。——物足りないのだ。

心臓が破れそうなほど、鼓動が速い。全身がほてって、燃え上がりそうだ。こんな小さな壜ではなく、もっと熱く猛々しい怒張に責められたい。

「どうしてほしいか言え、瑞紀」

「……っ、う……」

嘲《あざけ》りを含んだ問いかけに答えなかったのは、誇りを守るためではない。

呼吸が苦しく、心臓は破れそうな勢いで打ち続け、腰を高々と上げた姿勢のため頭に血が昇っている。下半身は流し込まれた液体のせいで熱くたぎり、今にも溶け崩れそうだ。それがつらくて、口が利けないだけだった。

ほしい。後孔にも自分自身にも、腿、胸肌、首筋——ありとあらゆる場所に愛撫がほしい。それなのにハーフィズは冷ややかに見つめているだけだ。

「あっ……あ、ぅ……」

瑞紀は身をよじり、首筋や肩をシーツにすりつけた。どんなわずかな刺激でもいいから、ほしかった。

媚薬に増幅された快感が、瑞紀の理性を侵食していく。

「このままでいいのか。もっとほしいものがあるだろう?」

「あっ……あぁーっ!」

後孔に刺さった擾を揺すられ、瑞紀は悲鳴をあげた。

「言え。抱いてくださいと」

冷たい声音。それ以上に冷たい眼差し。だが瑞紀にはもう何も考えられなかった。

「抱い、て……抱いて、ください……早、く……」

夢中で口走った時、ハーフィズの瞳に暗い翳《かげ》が走った。

「ひっ……あ、ああうぅっ!!」

後孔に刺さっている擾はそのままに、体を仰向けに倒される。

ハーフィズが自分の上に覆いかぶさってきた瞬間、瑞紀の理性は崩壊した。


――どれほど時間がたったのだろうか。

「はぁっ、あ、ふっ……いいっ、そこ……もっと、もっとぉ……」

間近に聞こえるのは誰の声だろう。ひどく淫《みだ》らで、はしたない。くちゅくちゅという濡れた音に重なって、どうしようもなく淫猥に聞こえる。

「そんなにここがいいのか、瑞紀」

舌と歯で嬲っていた胸の突起を離し、ハーフィズが嘲笑混じりに問いかけてきた。

「はっ……あ、ぁ……気持ち、い、い……」

またあの淫らな声が聞こえた。鼓膜にではなく、頭の骨に響いて――自分か。喋っているのは自分なのか。

「一回イッたのに、まだまだ物足りないという顔だな。もっと素直にほしがればいい。いくらでも可愛がってやる」

ハーフィズが笑い、再び乳首を甘噛みした。

「ひぁっ！」

胸肌から脳へ電流が駆け上がり、背筋がそりかえる。

下腹部はすでに硬く張りつめて、それなのにハーフィズの大きな体が覆いかぶさり圧迫しているから、苦しいし、痛い。

だが自分の手はハーフィズの髪をつかみ、さらに強く自分の胸へ押しつけて、口での愛撫を求めようとする。

「あっ、あ……ハー、フィズ……もっと……」

もっと——どうしてほしいのだろう。

鳩尾の下あたりがぬらつくのは、汗か、それともさっき自分が放った精液か。頭には霞《かすみ》がかかり、思い出せない。ただ、ハーフィズと自分の体の間でぬるぬるとすべる液体の感触が、たまらなく心地いい。

けれど物足りない。一番熱く疼いている後孔には、いまだに何もしてもらっていないのだ。

最初は何かが刺さっていたように思うが、今は引き抜かれてしまった。何もない。

不意にハーフィズが体を起こした。

瑞紀は夢中で身をよじり、背中をシーツにこすりつけた。

体が熱い。とても熱い。全身がむず痒《がゆ》くて、ありとあらゆる場所をかきむしりたくなる。いや、表面だけでは足りない。身体の内側が求めている。逞しい猛りに容赦なく穿たれることを、肉孔が望んでいる。

「ハー、フィ、ズ……あっ、あ……早く……く、ふぅっ……」

息が苦しくて、まともに喋れない。とぎれとぎれの声で懇願したら、膝をつかまれて折り曲げられた。

腿の裏側に、硬い灼熱が触れた。

「あぁあっ……!!」

それだけで体が反応し、きたるべきものを予想して後孔がひくついてしまう。

「これがほしいのか、瑞紀」

「ほしい……ほし、い……あぁっ、頼むから、早く……」

「大した淫乱ぶりだな。普段の恥ずかしがるポーズはどうした。それとも化けの皮が剝がれて本性が現れたのか。……どこにほしい？　どこかはっきり示さなければ、やらないぞ」

いったん脚をつかんだ手を離し、ハーフィズは嘲るような、けれどかすかに哀《かな》しげな響きの混じった声で言った。しかし今の瑞紀に、その口調の理由を考える余裕はなかった。全身が熱かった。

深く曲げた脚を拡げ、荒い息を吐きながら、後孔の縁に両手の指をかけた。

「ここ……ここに……」

「そのままではきついな。自分で拡げるんだ。どこにほしいのか示して、せがんでみせるがいい。……上手にできたらお前のほしい物をくれてやる」

ハーフィズがあの藍色の小壜をつかみ、わずかに残っていた中身を瑞紀の手に垂らす。とろみのある液体で濡れた指を、瑞紀は夢中で自分の後孔へと差し込んだ。

「あっ、あ、ぁ……‼」

ぐちゅっと淫らな音が鳴る。自分自身で慣らしたことはなかったが、濡れていたためかスムースに入った。指使いが稚拙《ちせつ》なせいか、多少粘膜の引きつる痛みは感じたものの、今の瑞紀にはそれさえ快感に変わる。

指を動かし、液体を粘膜へ塗りつけた。

「くっ……」

体が内側から熱くなる。注ぎ込まれた分に加え、壜の底に残っていた濃い残滓《ざんし》をたっぷり塗り込んだのだから当然だ。しかし今の瑞紀に思考力はない。むず痒くほてり、疼き続ける体を、どうにかしてほしかった。

指を増やし、媚薬を塗り込めていく。体が昂ぶる。もう我慢できない。

「あ、はぁ……もう……ん、んっ……」

仰向けに転がって、折り曲げた脚を左右に開き、瑞紀は濡れ光る肉孔に両手の指をかけて拡げた。粘膜の内側まで、ハーフィズに見えるように。

「ここ……ここに、ほしい……んっ、くぅ、う……早く……早く、入れて……」

「最初からそう言えば……いや、こうすればよかったんだ。馬鹿馬鹿しい」

吐き捨てる口調の言葉とともに、熱い猛りが媚薬で濡れた後孔にあてがわれた。一気に、侵入してくる。

「うあっ……あ、あぁぁーっ！」

一際高い悲鳴をあげ、瑞紀はのけぞった。屹立は容赦なく瑞紀の肉洞《にくどう》を押し広げ、敏感なしこりをこすり上げるようにして奥へ入ってくる。

「どうした。苦しいのか？」

「いい……気持ち、いいっ……もっと、そこ……あ、あぁっ！　く、はっ……!!」

瑞紀は自分を抱いている男にしがみついた。腕を背に回しただけでは足りず、両脚をからませ、自分から腰を動かした。

「瑞紀……」

かすかな囁きが、耳元で聞こえた。

「私に抱かれるのはいやだと、言っていただろう？　それなのにこうして抱かれて……嬉しいのか？」

哀しげな響きの声だった。だが瑞紀には何も考えられなかった。ただ、男の動きが鈍り、快感がゆるんだのが物足りなかった。補うように自分で腰を揺すり、返事をした。

「嬉し、い……だから、もっと……あ、はぁっ……気持ち、いい……」

答えながら頭の隅で思う。『私』とは誰だろう。今自分を抱いているのは、誰だったか。だが腰を自分から激しく揺すって、中に入っている牡の逞しさを味わうと、相手が誰かなどどうでもいいという気がした。一瞬戻りかけた理性は、儚《はかな》く溶け消えた。

「もっと……もっと強く……あぁぁっ！」

「……」

重い溜息が聞こえたように思ったが、気のせいだったかもしれない。

男は瑞紀の肩口に顔を埋《うず》め、一層荒々しく腰を突き上げ始めた。瑞紀は夢中で動きを合わせ、快感を貪った。


媚薬は効き始めるのも早かったが、いったん効果が切れると醒めるのも急速だった。夢から覚めるように唐突に、ぼやけていた瑞紀の意識がはっきりしてきた。

自分はベッドの中央へ倒れ、ハーフィズは自分に背を向けて長衣に袖を通しているところだった。

媚薬が効いていた間の記憶が、断片的に甦ってきた。誰に抱かれているのか、何をされているのかさえ判別できず、ただ快楽を追い求めた自分――。

「く……」

呻いた声に何かを感じ取ったか、ハーフィズが振り返る。じっと瑞紀の顔を見ているようだったが、聞こえてきた声音は冷笑混じりだった。

「どうした。まだ物足りないか」

「本気で言ってるのか……？」

瑞紀の声が震えた。

「あいにく私は忙しい。今日はここまでだ。あとは自分で慰めることだな」

媚薬の効き目が切れているのはわかるはずなのに、ハーフィズはわざとのように嘲弄の言葉を投げつけてきた。

「どうした？　尻の肉を自分で開いて、腰を使ってよがっていたのはお前だろう」

反論はできなかった。瑞紀自身の記憶にも、浅ましい自分の姿ははっきりと残っている。しかしハーフィズは、その嬌態《きょうたい》が媚薬のせいだと知っているはずだ。なのにあえて辱める言葉を選んだことに、彼の気持ちがよく表れていた。

瑞紀は呻いた。

「これが、君の望みか……こんな、心などないようなやり方が……？」

ハーフィズは再び瑞紀に背を向け、ベッドから下りた。背中越しに聞こえた声は、相変わらず冷ややかだ。

「そのとおりだとも。何が心だ。裏でこそこそ小細工をして、私に対してはお為《ため》ごかしの嘘をつく……そんな心になんの価値がある」

「違、う……」

「まだ嘘をつく気か。さっきのお前は正直だったぞ？　もっと早くあの薬を使えばよかった。これからは毎回、あれを塗り込んでやる。……お前の心など必要ない。嫌いじゃないとか、友達としてなら一緒にいるとか言いながら、陰でこそこそ逃げる手筈《てはず》を整えていたとは……二度と信じるものか」

言い捨ててハーフィズは部屋を出ていった。

一人になった瑞紀は、のろのろと体を起こした。

薬の影響は抜けたらしく、シーツにこすれるだけでも肌が甘くしびれる感覚は消えている。その代わり全身が鉛のように重い。バスルームへ行くだけの気力さえない。

眼鏡をかけ、ティッシュで体を拭《ぬぐ》ったあと、ベッドの上や床に散っている下着とズボンを拾って身に着けた。長衣はハーフィズがずたずたに引き裂いたので着られない。

ベッド際にいつも置いてある鈴を鳴らすと、ムウニスが心配そうな顔を覗かせた。

「ミズキ様……」

「代わりの服を取ってきてくれないか」

クロゼットルームから長衣を手にして戻ってきたムウニスは、心配そうな顔で言った。

「ミズキ様。殿下はお怒りになった時は怖いけど、でも無慈悲な方ではないです。きっと、ほんの少しご機嫌が悪かっただけです。どうかそんなに哀しまないでください」

「哀しい？」

少年の眼には、自分が哀しげに見えるのだろうか。ハーフィズとの醜い諍《いさか》いを悟られないよう、微笑んでいるつもりなのに。

「僕は大丈夫だよ。心配ない」

「でも……」

瑞紀が長衣に袖を通すのをかいがいしく手伝いながら、ムウニスは不安げに表情を窺《うかが》っている。

「大丈夫。もういいよ、一人にしてくれ。少し休みたい」

「ではすぐにベッドを片づけます」

「あとでいい。……頼む。休みたいんだ」

乱れ汚れたベッドの痕跡を、今だけは他人に見られたくなかった。

「……わかりました」

どことなく不安げな表情で、ムウニスは床に散った衣服の残骸《ざんがい》をまとめて拾い上げ、部屋を出ていった。

ドアが閉まったあと、瑞紀は崩れるようにソファへ座り込んだ。

（ハーフィズ……結局、君が僕に求めていたのは、体だけだったのか？　薬で我を忘れて、君の行為に素直に反応する僕を見ているのは、楽しかったか？）

あの口ぶりでは、結婚したあとも自分を解放するつもりはないように思える。どこか目立たない別邸へでも監禁して、玩具のように抱き続けるつもりなのだろう。

だがこんな関係を続けてなんになるのか。

（いやだ。あんなふうに抱かれるのは、もう、二度と……）

さっきの交わりを思い出して心が暗くなった。体が反応した分だけ、思い返すと虚無感がつのる。あんなやり方が続くとしたら、いずれ自分はおかしくなってしまうだろう。

瑞紀の目に、フックに引っかけられて輪になっているカーテンのタッセルが映った。その形が、絞首台の縄を連想させた。

（疲れた、な……）

楽になりたい。もう、何もかもいやだ。心のない道具のような交わりを強要されるのなら、これ以上生きている意味などない。

最初に拉致された時、死にたいと口走って家族を盾に脅されたことも、自分が死ねばハーフィズがどう思うかということも、今の瑞紀の頭には浮かばなかった。心は虚《むな》しさと哀しみに押しつぶされていた。

瑞紀は窓辺へ歩み寄ってタッセルを外した。このフックでは位置が低すぎるが、ベッドの天蓋を支える柱なら大丈夫だろう。紐をかけられそうな飾りもついている。ベッドに乗り、天蓋を支える柱の上部にタッセルの両端を引っかけて輪を作った。強く引っ張ってみる。大丈夫のようだ。

その輪に頭を通して、瑞紀は目を閉じた。誰かの面影が脳裏をよぎったが、それが誰なのかは、考えたくなかった。もう何も考えたくなかった。

瑞紀はベッドの縁を蹴《け》った。

喉元に激しい衝撃が来る。足が宙に浮く。

頸動脈が圧迫された。ぼやけて暗くなる意識の中、これで何もかも終わるという思いが脳裏をよぎった。

だがその瞬間、遠慮がちなノックと同時に、ドアが細く開いた。

「失礼します。お飲み物を……ミ、ミズキ様っ⁉」

部屋の中の光景を見た途端に、ムウニスは銀盆を放り出して駆け寄ってきた。宙に浮いた瑞紀の両足に抱きつき、必死になって抱え上げる。

「だめ！　ミズキ様、なんてことを……だめです‼　誰か来て、ミズキ様が……‼」

頸動脈を圧迫され、瑞紀は意識を失いかけている。その重みを支える一方で、首にかかったタッセルを外すのは少年一人の力では無理だ。ムウニスは懸命に助けを呼んだ。

「うるさいなあ。どうしたの？」

開いたままの戸口からひょいと顔を突き出して部屋の中を覗いたのは、サリームだった。

「サリーム殿下、助けてください！　紐を切って……‼」

サリームの眉間に皺が寄った。一瞬躊躇《ちゆうちよ》したあと、駆け寄ってきてベッドに飛び上がり、タッセルを強く引いて天蓋から外した。

支えを失った瑞紀の体が、ムウニスを巻き添えにして床へ倒れ込む。

「ぐっ……！」

肩口を打った痛みで瑞紀の意識は鮮明になった。激しく咳き込んだ。

「ミズキ様⁉　ミズキ様、しっかりしてください！」

「ム……ニ、ス……？」

名を呟くと、少年の顔が泣き笑いに歪んだ。

「ああ、ご無事だった……神よ、感謝いたします！　なんということをなさいますか、ミズキ様！　もう少し遅れたら、助けが間に合わずに死んでいらしたかもしれませんよ⁉」

座り直して瑞紀は痛む喉を押さえた。つまり自分は、死にそこねたらしい。

「は……はは、はははは……‼」

笑い声がこぼれてきた。

この一件はきっとハーフィズに報告され、今後自分には監視がつけられるだろう。死ぬことも、まして逃げることもできない。チャンスは消え失《う》せた。これからは媚薬で狂わされ玩具として扱われる、心のない交わりが続くのだ。

「ミ、ミズキ様？　どうなさったんです？」

困惑をますます深めた表情で、ムウニスが問いかけてくる。だが瑞紀は答えなかった。ただ涙を流して笑い続けた。

そのうち声が続かなくなり、瑞紀は笑うのをやめた。両手で顔を覆う。自分でももう、どうしていいのかわからなかった。ムウニスもかけるべき言葉を失ったらしく、ただ不安そうに見つめているばかりだ。

「……ほんとに死ぬ気だったんだ？」

沈黙を破ったのは、壁にもたれて考え込んでいたサリームだった。

顔を上げた瑞紀の喉へ視線を向けたのは、タッセルが食い込んだ痕《あと》を眺めていたのだろうか。サリームは軽く鼻を鳴らして言った。

「そこまで思いつめてるんだったら手を貸してあげてもいいよ？　日本へ帰れるように」

「……」

「何変な顔してるの？　疑ってる？　前に言ったよね、あなたは兄様の邪魔になるって。いなくなってくれた方がいいんだよ。兄様は意地っ張りだから、ただ帰りたいって言っても無駄だけど、気が狂ったふりをすれば考え直してくれるかもよ？　その喉の痕と合わせたら説得力が出るんじゃない？」

「説得力って、そんな……」

だがサリームの言うような事態が実際に起こらないわけではない。首吊りで脳が酸欠状態になって、肉体的精神的な障害が残るケースはある。

「でも医者の目はごまかせない。そんな芝居をしても、きっとすぐにばれる」

「医者を説得して抱き込んじゃえばいいんだよ。それが兄様の将来のためだって言えば、きっと協力するさ。ボクと医者で、兄様に口添えしてあげる。ミズキは故郷の日本へ帰して治療を受けさせた方がいいって。……兄様だってもうすぐ誰かと結婚するんだし、目の前からいなくなれば忘れちゃうよ。そしたらミズキはもう自由じゃないか」

自由になれる。自分はずっとそれを望んでいたはずだ。けれどなぜかそのことよりも、『ハーフィズが自分を忘れる』という考えが、瑞紀の胸を締めつけた。

(どうしたんだ、僕は……その方がいいに決まっているのに)

サリームが瑞紀の顔を覗き込んだ。

「死ぬ覚悟だったんだろ？　それともあれは兄様の気を引くための狂言？」

「違う、そんなんじゃ……」

「だったら素直に感謝して日本へ帰ったらどうなのさ。ボクとしちゃ兄様の障害物になるようなものは取り除いておきたいんだ。お互いの利害が一致してるんだから、それでいいじゃないか」

「でも僕は芝居が下手だ。ハーフィズの目をごまかせるかどうか」

「別にボクは無理にやれとは言ってない。日本へ帰りたかったら、精一杯演技するしかないんじゃない？　自分のことなんだもの、自分で決めなよ」

突き放す言い方をされて、かえって決心が固まった。サリームの言うとおりだ。ハーフィズに道具扱いされるのは耐えられない。そのためなら不得意な嘘でも芝居でも、やり通すしかない。

唇を噛んだあと、瑞紀は無言で頷いた。

ムウニスはハーフィズに隠しごとをするのを恐れる様子だったが、サリームが居丈高に脅しつけたのと、自殺を図り、命が助かってもなお暗鬱な瑞紀の様子に同情したのだろう。協力を約束した。

サリームが連れてきた医者との打ち合わせをすませた瑞紀は、眼鏡を外し、酸素マスクを顔に当ててベッドに寝ていた。腕には点滴の針が刺さっている。

病人と見せかけるためのものだろうと思っていたが、瑞紀と打ち合わせをした医師は難しい顔で『心身共に弱っているようだ』と言い、点滴の処方について考え込んでいた。実際にかなり疲れが溜まっていたらしい。

ハーフィズが離宮へ戻ってきたのは、夜が更けてからだった。

誰かがすでに報告をしたらしい。部屋へ近づいてくる足音は、焦りをむき出しにした荒々しさだ。ベッドに寝ていた瑞紀は、無感動な顔を作って待った。自分は今、何も認識できなくなっているのだから、表情を動かしてはいけないのだ。

「瑞紀っ!!」

叩きつけるようにドアを開け、ハーフィズが室内へ入ってきた。

「……瑞、紀」

呼びかける声が頼りなく途切れ、足音が止まった。酸素マスクを顔に当て、点滴を受けている姿を見て驚いたのかもしれない。

「どういうことだ、これは……」

ハーフィズの歩く速さについてこれなかったのか、遅れて入ってきた侍医が、アラビア語で何か言った。おそらく事前の打ち合わせどおりの説明をしているのだろう。

ハーフィズが、室内に控えていたムウニスに視線を向けて詰問する。隠しごとをしているという罪の意識のせいか、ムウニスの返事はひどくおどおどした様子だったが、ハーフィズにはそれが主人の叱責に怯えていると受け取れたのかもしれない。医師が言葉を添えると、それ以上ムウニスを追及しようとはしなかった。

（ごめん。ムウニスもドクターも。こんなことに巻き込んで）

天井を見上げたまま瑞紀は思った。

「瑞紀……本当なのか？　本当に、何もわからなくなったというのか？」

医師との会話を打ち切ったハーフィズが日本語で呼びかけ、ベッドの上に身をかがめて顔を覗き込んでくる。

彼の声を聞き顔を見たら、心が波立ってしまって芝居などできないのではないか——そう思っていたが、意外だった。

（ハーフィズは僕を必要としていない）

それを思うと、何もかもが遠く感じられる。胸の鈍い痛みは哀しみだろうか、虚しさだろうか。媚薬を使った交わりのあとで聞いた、『お前の心など必要ない』という言葉が瑞紀の心に膜を張り、すべてをぼやけさせた。

「瑞紀……返事をしろ！　なぜ私を見ない⁉」

ハーフィズに肩をつかまれ揺さぶられても、瑞紀は口をつぐんでいた。視線も顔の筋肉も、動かさずにいられたようだ。眼鏡がないおかげで視界はぼやけている。しいて意識しなければ目の焦点が合うこともない。

「……瑞紀！」

ハーフィズの声音に不安の響きが混じった。それでも瑞紀は沈黙を守った。

（この方がいいんだよ、ハーフィズ。……さよなら）

首に残った紐の痕と医師の診断、そして瑞紀自身のうつろな表情のために、ハーフィズは『縊死《いし》未遂の後遺症で脳が酸欠状態になり、精神面に後遺症が残った』という話を信じたらしかった。最初のうちは何度も部屋を訪れて瑞紀に話しかけ、時には感情を抑えられなくなったように揺さぶったりもしたが、さすがに点滴を受けている者を抱こうとまではしなかった。

注射針の刺さっている腕を見つめ、ハーフィズが沈んだ声で一言『痩《や》せたな』と呟いた時には、後ろめたさが瑞紀の心を刺した。それでも心が壊れた者の演技を続けられたのは、別れるのが彼のためと信じたからだ。

その後、ハーフィズは姿を見せなくなった。

ずっと部屋にこもっていた瑞紀は、自分の処遇についてハーフィズが誰とどのように相談したのか知らない。

そして自殺未遂から一週間たった日の午前中、大きな紙袋を抱えて部屋へ入ってきたムウニスが、瑞紀に教えてくれた。

「今日午後の飛行機で、医師をつき添わせてミズキ様を日本へ帰すそうです。これは着替えです。この服の方が、普通の旅行者に見えて目立たないからと」

「そう……」

嬉しいはずの知らせなのに、心ははずまなかった。

自分の身を案じているはずの家族や友人の顔よりも、ハーフィズの面影が脳裏をよぎる。日本へ帰国して何をするかは心に浮かばず、彼との思い出ばかりが甦ってくる。

同じ型のフレームで素通しの眼鏡を作り、お揃いだと言って笑った子供っぽい顔。崩れ落ちる荷物から自分をかばった、広い胸。車の中で自分に覆いかぶさり眠ってしまった時の、体の重み。だが――。

『お前の心など必要ない』

瑞紀は苦く笑った。

媚薬を使われ、心を無視して扱われたことに自分は耐えられなかった。ここにいたら、また同じことが起きる。それにハーフィズの将来を思えば、自分はいない方がいい。

渡されたのは厚手のブルゾンにコットンシャツ、ジーンズ、スニーカーなど、ごく普通の旅行者が身に着けていそうな衣服だ。アラブ風の長衣を脱いでこういう衣服に手を通すのは、何日ぶりだろうか。

かいがいしく着替えを手伝ってくれるムウニスに、瑞紀は微笑みかけた。

「今までありがとう。世話をかけたね」

「こんな形でお別れするのは哀しいです。でも殿下とミズキ様のためですから、仕方がありません。どうかお元気で。神のご加護をお祈りしています」

ムウニスが哀しそうに答えた時だった。

廊下を近づいてくる気配がした。

誰が来たのかはわからないが、用心に越したことはない。瑞紀は慌てて眼鏡を外してサイドテーブルに置き、うつろな表情を作ってベッドに腰を下ろした。眼鏡をかけていない方が目の焦点をぼかしやすいからだ。ムウニスも、瑞紀が脱いだ長衣やズボンを畳んで紙袋に入れ、引き下がる態勢になる。

ノックもなしにドアを開けたのは、ハーフィズだった。

「殿下……」

「着替えはすんだか。ムウニス、お前は下がっていろ。呼ぶまで来るな」

「は、はい」

ムウニスがドアを閉めて立ち去ってしまうと、部屋の中には二人きりだ。うつろなふりを装ったが、瑞紀の心臓は凄まじい勢いで拍動していた。

(まさか急に気が変わって、日本へ帰すのを取りやめるなんて言い出さないよな……?)

しかし決定権はハーフィズにある。彼が気まぐれを起こせば、それまでだ。

(落ち着け……落ち着け。動揺してるのに気づかれたら、芝居だってばれてしまう)

何も見えず聞こえていないふりで、瑞紀は息を吐いた。何度か静かに呼吸するうち、鼓動がおさまってきた。

「瑞紀」

戸口からハーフィズが呼びかけてきたが、瑞紀は何も聞こえないふりを装い、目の焦点を合わせないようにして、あらぬ方を見ていた。ベッドへ歩いてきたハーフィズが、サイドテーブルへ手を伸ばした。取り上げたのは瑞紀の眼鏡だ。

「これがないと何も見えないと言って、踏み割った私をにらんでいたのにな……今は、何かを見ようとさえ思わないのか?」

沈んだ声で呟き、ハーフィズは手にした眼鏡を瑞紀の顔にかけさせた。

内心で瑞紀は困惑した。なまじ視界がクリアになっただけに、うっかり何かに目の焦点を合わせそうになる。

(ハーフィズと目を合わさないようにしなきゃ……)

そう思って視線を下げていたら、ハーフィズが手に持っている物に目が留まった。眼鏡だ。自分は今顔にかけているのになぜ——と思ったが、すぐに気がついた。あれはハーフィズがふざけて、揃いのフレームで作らせた素通しの眼鏡だ。

代わりのようにそれをサイドテーブルに置き、ハーフィズはベッドに腰を下ろして瑞紀を抱き寄せた。

「今日、お前を日本へ帰す。そう手配をした。……嬉しいか?」

ハーフィズの言うとおりだ。もうすぐ自分は自由の身になる。意に反して連れてこられ、閉じこめられていた離宮から解放されて、日本へ帰ることができるのだ。

なのになぜだろう。

ハーフィズの沈んだ声を聞くと、嬉しいとは思えなかった。

(君を残していくのか……)

自分がいなくなったあと、ハーフィズはどうするのか。

(……馬鹿だな。何を心配してるんだ。ハーフィズなら綺麗で気だてのいい女の人がいくらでも寄ってくる。僕のことなんか、すぐ忘れるに決まってる)

それが彼のために一番いいことだ。自分も日本へ帰り、平穏な生活に戻れるのだ——そう自分に言い聞かせたが、胸は重く塞がったままだ。

「瑞紀?」

顎に手をかけて上を向かされた。

「少しも嬉しそうではないな。やはりお前の心は壊れたままか……もう、戻らないのか」

見下ろす黒い瞳に、苦渋の色が満ちる。ハーフィズは顎をとらえていた指を離し、瑞紀の頭を胸に押しつけるようにして強く抱きしめた。

「こんな結果を望みはしなかった。お前のすべてを手に入れたかっただけなのに……」

髪を指でくしけずりつつ囁く声は、後悔に揺れていた。

「今まで、望んで手に入らないものは何もなかった。望む前から差し出されることの方が多かった。恋愛もそうだ。私の身分を知れば、皆喜んで身をゆだねてくる。拒絶は形ばかりだった。褒美の金や宝石を与えられた途端に目の色を変え、次の用はないかとばかりに媚びてきた。お前以外は。……瑞紀。お前だけが、他の者とは違っていたんだ」

ハーフィズの胸に顔を押しつける形で抱きしめられていたのは、幸いだった。そうでなければ表情を読まれて、芝居に気づかれたに違いない。

苦悩がにじむ声は続いている。

「最初はただ、言うことを聞かないお前を支配したいと思っていただけだった。体だけでなく、心も私のものにしたかった。友達としてなら一緒にいるとお前が言った時、腹立たしい一方で私は嬉しかったんだ。媚びないお前が、半分だけ心を開いたようで……」

「……」

「なのにお前は陰で私を裏切った。許せないと思った。だがこんな結果を望んだわけじゃない。お前が狂ってしまうなんて……もうこれ以上、お前を苦しめるわけにはいかない。だから日本へ帰り治療を受けて、元の瑞紀に戻ってくれ。私を憎んでもいい。いや、忘れてしまってもいいから、元に戻ってくれ」

広い胸に抱きしめられたまま、瑞紀は苦渋に満ちた独白を聞いていた。初めて聞いたハーフィズの本心が、瑞紀の心を大きく揺さぶる。

「私は、お前が、好きだった……」

普段のハーフィズからは考えられないような弱々しい声音だった。

（ハーフィズ……）

瑞紀の眼に、涙がにじんだ。もう一度話し合うべきだと思った。

無論、自分が騙していたことを知ればハーフィズは激怒するだろう。だがそれでも、このまま別れてしまうよりはいい。

（僕がいたら彼のためにならない。でもこんな風に欺いて去ってしまうのはもっと悪い。彼の中に傷が残ってしまう）

だがその時、ノックもなしにドアが開かれた。誰かが入ってくる。

「兄様。こっちにいるって聞いたんだけど……あ、いた」

入ってきたのはサリームだ。ハーフィズの腕がゆるんだ。

「ミズキ、具合は？　……やっぱりわかんないか」

英語で話しかけてきたサリームが大袈裟《おおげさ》に肩をすくめる。

告白する機を逸して、瑞紀は口をつぐんだ。

自分の詐病にはサリームをはじめ、ムウニスや医師も関わっている。事実を知ったハーフィズが激怒して彼らを罰するようなことにはしたくない。真実を告白するなら、その前にサリームにだけでも了解を取っておくべきだろうと思った。

何も知らないハーフィズが、サリームの後ろに控えた中年男を見やって問いかけている。サリームにつられたのか英語だったので、瑞紀にも意味がわかった。

「珍しいな。ダーギルも来たのか」

「サリーム様のご命令で……」

「そうなんだ。出国や日本へ戻ってからの入院治療の手続きとか、いろいろあるだろ。やったのはダーギルだからね。それで連れてきたんだ。全部ダーギルに手配させてあるから、心配しないでよ」

「そうだな。カシムが入院中でなければ、他の者の手を煩わせることもなかったのだが」

「いいんだよ、ミズキのことを知ってる人間は少ない方がいいもの。……それより兄様、父様に会いに行かなくていいの？　男の愛人は放逐したから安心してって兄様の口から報告があれば、父様はきっとお喜びになるよ」

「瑞紀を見送ったあとにしよう。私も一緒に空港へ行く」

「だめだよ。兄様の顔は国民みんなが知ってるんだもの。目立つじゃないか。それにミズキには兄様がそばにいようがいまいが、わかりゃしないんだし」

ずけずけとサリームが言う。自分を軽く抱き寄せていたハーフィズの腕に、ぐっと力がこもったのを瑞紀は感じた。

けれどもその腕はすぐにゆるんだ。

「そうだな。瑞紀を追いつめたのは私だ。心が壊れてしまったから、こうして私がすぐそばにいても平気な顔をしているが……いない方が落ち着くかもしれない。私は瑞紀の一生を狂わせてしまった」

ハーフィズは潔く瑞紀を離して立ち上がった。

「あとは任せたぞ、ダーギル。サリームも。瑞紀につらく当たるようなことはするな」

「やだなぁ。そんなの、ずっと前のことじゃないか。病人相手に意地悪はしないよ」

部屋の出口へ向かいかけたハーフィズが、ふと振り返る。

哀しみを帯びた瞳に、瑞紀は胸を突かれた。演技も計算も、心からはじけ飛んだ。

「ハ……」

夢中で呼びかけようとした。しかしそれより一瞬早く、

「あっ、そうだ兄様！」

サリームが大声で叫んで、ハーフィズに駆け寄っていった。故意か偶然か、瑞紀とハーフィズの視線が合うのを妨げる位置に立ち、兄にすり寄って話しかけた。

「来月、アフマド伯父《おじ》様が四人目の奥さんをもらうでしょう」

「ああ……」

「その時のお祝いなんだけどね、ボク……」

サリームはハーフィズの注意を逸らそうとするかのようにまとわりついて話しかけながら、部屋の出口までついていった。兄を見送ったあと、ドアを閉めて戻ってくる。

「あーあ。まったく、兄様にあんな落ち込んだ顔をさせてさ。ひどいねぇ」

「……サリーム。僕にはできない。やめよう」

「何言ってるの？」

眉をひそめたサリームに向かい、瑞紀は言いつのった。

「さっきの様子を見ただろう？　こんなふうに騙したままじゃ、ハーフィズを傷つけてしまう。だめだ。僕にはできない」

「……なんだよ、それ。日本に帰るのはやめたの？　このまま兄様のそばにいたいって？」

「違う。僕がそばにいれば、ハーフィズにとって邪魔になるのはわかってる。だからここに残るつもりはないよ。でも騙したまま別れるのはよくないと思うんだ。話し合えば、ハーフィズはきっと理解してくれる。だから……」

「むかつく。今更、いい子ぶって」

瑞紀の話を最後まで聞かずに、サリームは瑞紀のすぐ近くにいるダーギルを見やり、アラビア語で何か命じた。

瑞紀は目をみはった。

ダーギルが取り出したのは拳銃だ。銃口は瑞紀に向いていた。

「サリーム⁉　なんのつもり……」

「ボクがお前を助けようとしてるって、本気で思ってた？　冗談じゃないよ。大っ嫌いだよ、お前なんか。兄様に、遠い日本からわざわざ連れてくるほど愛されて、それが気に入らなくて自殺しようなんて……ほんと、むかつく。何様のつもりだよ」

瑞紀の背筋を冷や汗が流れ落ちた。

今までにも、サリームの青い瞳の奥に悪意を認めたことはあった。兄を取られたと思って、怒っているのだろうとは感じていた。だがこれほどまでに、むき出しの憎悪をぶつけられるのは初めてだ。

「殺してやりたいよ、お前なんか」

「でも……ムウニスが言ってた。君は僕を、助けてくれたそうじゃないか」

自分が首を吊った時のことはよく覚えていない。ムウニスの話では、一人では瑞紀の体重を支えきれず、どうにも動きが取れなくなっていたところへサリームが来て、首にかかっていた紐を外してくれたという。

だからサリームは根本的なところでは優しいのだと――兄を奪った自分であっても命を助けようとするような、優しい気持ちを持っているのだと思っていたのに。

しかしサリームは小馬鹿にしたふうに鼻を鳴らした。

「あの時ムウニスがいなくて、ボクが最初に見つけたのなら放っておいたのに。そしたらお前なんかとっくの昔に死んでたんだ。部屋を覗いたのに手助けしなかったって、あとで兄様に告げ口されたら困るから、仕方なく紐を外してやったけどさ。……ほんとはずっと思ってたよ。死ねばいいって」

吐き捨てるような言葉の間、ダーギルの銃は瑞紀の心臓を狙ったままだ。

「僕を、殺すのか……？」

不甲斐《ふがい》なくも、声が震えた。

サリームが口角を引き上げる。よくないことを考えて楽しんでいる者の笑い方だった。

「心配しなくても、希望どおりこの国から出してあげるよ。行き先が日本とは限らないけどね。……さあ、ここを出るよ。今までどおりに狂ってるふりをするんだ。変な真似をしたらすぐ撃ち殺すよう、ダーギルに命令してあるからね」

「離宮で発砲なんかしたら、大騒ぎになるぞ」

「その時は、ダーギルが勝手にやったって言うよ。ボクは王子だし、ダーギルは平民上がりの使用人だ。みんなボクを信じて味方をするに決まってる」

ダーギルという従者には英語が通じないのかもしれない。サリームが平気な顔で言い放った傲慢な台詞にも、まったく表情を動かさない。

「行くよ。ぐずぐずするなよ。兄様の代わりにこのボクが見送ってあげるからさ」

「待ってくれ。せめてハーフィズを騙したことを謝りたい。伝言だけでも……」

「そんなものが残ってたら、兄様が行方を捜すに決まってるだろ。お前なんかこのまま消えちゃえばいいんだ」

「……」

伝言を書き残す時間はない。助けを求めるにしても、銃で狙われている以上、うかつな真似をすれば射殺されるかもしれない。

（なんとかしなきゃ。何か、ハーフィズに異常を気づいてもらえそうな方法は……）

急かすようにサリームが顎をしゃくる。

「急げって言ってるの、聞こえない？」

が載っていた。

言いながら瑞紀は、サイドテーブルに目を留めた。上にはさっきハーフィズが置いた眼鏡
「わ、わかった」

（そうだ。もしかしたら気づいてくれるかも……）

控えめすぎる方法だが、今は他に思いつかない。ゆっくりベッドから下りながら、瑞紀は眼鏡の蔓《つる》を持って押し上げるふりで、片耳から外した。ノーズパッドの摩擦でどうにか顔に引っかかっている状態になった。

立ち上がって戸口へと歩き出す。その一歩目で、わざとテーブルの脚に爪先《つまさき》を引っかけた。

「うわっ！」

間の抜けた悲鳴をあげ、瑞紀は上体を大きく泳がせた。テーブルに載っている眼鏡や小物入れを払い落として床へ転ぶ。かけていた眼鏡が、狙いどおりに顔から外れて飛んだ。

「眼鏡……僕の眼鏡」

慌てたふりでつかんだのは、ハーフィズが置いていった素通しの眼鏡だ。それをかけて体を起こし、今まで自分がかけていた近視用の眼鏡をテーブルへ置く。

「何をしてるんだよ、愚図だなあ」

「あ、脚が震えて……銃で脅されたら、緊張して当たり前じゃないか」

「情けないヤツ。離宮を出るまでの間なんだから、狂ってるふりを続けろよ？　変な真似をしたら、ダーギルはほんとに撃つからね」

こんなやり方でハーフィズが気づいてくれるかどうかは相当怪しい。

自分が立ち去ったあと誰かが部屋の掃除に来て、何も気づかず捨ててしまったらそれまでだ。だがもしもハーフィズが再びこの部屋へ来て、瑞紀がわざわざ素通しの眼鏡にかけ替えていったことに気づいたなら、不審を覚え、自分を捜してくれるかもしれない。

この急場でサリームたちに気づかれず、自分の身に異常が起こったことを伝える手段としては、他に思いつかなかった。

袖の中に拳銃を隠したダーギルが瑞紀の隣に寄り添う。一度脇腹に銃口を押し当てたのは、逃げようとしたり、誰かに助けを求めたらすぐに撃つという意思表示だろう。おとなしく従うほかなかった。

(ハーフィズ、頼む、気づいてくれ。僕はもう一度、君と話がしたい……‼)

サリームたちとともに部屋を出つつ、瑞紀は心の中で強く願った。


ハーフィズが離宮へ戻ったのは、その三十分ほどあとだった。

サリームに勧められたとおり、父に瑞紀と別れたことを報告しようと一度は考えた。しかし王宮へ行ってみると、父は仮眠中だった。父の側仕えは第一王子の自分に気を遣い、来訪を知らせて起こそうかと言ったが、断り、離宮へ引き上げた。報告は瑞紀が日本へ無事到着したという連絡を受けたあとでもいいと思った。

帰邸したハーフィズは、瑞紀に与えていた続き部屋に向かった。表の居間を通り抜けて奥の寝室へ入る。

朝、瑞紀が座っていたベッドはすでに空だ。

サイドテーブルに、自分がふざけてお揃いで作らせた眼鏡が載っていた。

（瑞紀……笑っていたのに）

あの頃の瑞紀は自分に抱かれることは嫌がっていたが、それ以外の時には笑顔を見せた。自分にはたまにしか笑いかけないくせに、ムウニスや猫には愛想よかったのが腹立たしかったけれど、心が壊れてしまうよりはずっとましだったと今になって思い知らされる。

思い出に突き動かされて、ハーフィズは眼鏡をかけてみた。視界がぐにゃりと歪んだ。慌てて目から遠ざける。

「……度が入った方じゃないか」

自分は確か、素通しの眼鏡をテーブルに置いて部屋を立ち去ったはずだ。なぜ瑞紀がかけていたはずの度入りの眼鏡がここにあるのだろう。あたりを見てみたが、もう一つの眼鏡は見当たらない。

瑞紀がわざわざ眼鏡をかけ替えていったとしか思えないが、なぜそんなことをしたのか。素通しの眼鏡では、足元がおぼつかないだろうに。

（……そこまで狂ってしまったのか。眼鏡を間違えても気づかないほどに）

ハーフィズはうなだれた。

瑞紀を診察した侍医の話では、首を吊って頸動脈が圧迫されたために脳が酸欠状態になり、思考力が失われたのだということだった。もう少し助け下ろすのが遅れれば、植物人間になるか、最悪の場合命を落としただろうとも言っていた。

「瑞紀……」

名を呼び、ハーフィズはベッドに寝転がってシーツに顔を埋めた。

日本人の体質なのか、普段の瑞紀はほとんど体臭らしいものを感じさせなかった。綺麗好きで風呂を好んだせいもあるだろう。ただ自分の愛撫に体をほてらせた時――桜色に染まった肌がしっとりと汗に濡れた時だけは、柑橘系のコロンに汗の香がかすかに混じってにおい立ち、自分の鼻孔をくすぐった。

寝具にはほのかな移り香が残っている。だが本人はもういない。

「なぜだ。なぜこんなことになったんだ、瑞紀……瑞紀」

数々の思い出が頭に浮かんでは消える。シーツに顔を伏せたまま、ハーフィズは何度も何度も名を呼んだ。

部屋に他の者が入ってくる気配に気づかなかったのは不覚だが、それだけ悲嘆に暮れていたとしかいえない。ようやく気づいたのは、まだ幼さの残る声で呼びかけられてからだ。

「あ、あの……殿下」

「……っ！」

跳ね起きると、部屋の戸口近くにムウニスが立っていた。瑞紀の名を呼んでいたのを聞かれたに違いない。取り繕うには遅すぎる。

黙っているハーフィズのもとへ、ムウニスは思いつめた表情で歩み寄ってきた。

「殿下はそんなに深く、ミズキ様のことを思っていらっしゃったのですね……」

不躾《ぶしつけ》な言葉だが、相手はまだ十五の子供だし、さっきのていたらくを見られては何も言えない。それにムウニスの表情には茶化す気配は微塵《みじん》もなく、真剣そのものだった。

「だったらどうした」

「申し訳ありません。ミズキ様がいらっしゃると、殿下の将来に差し障りがあるというお話だったので、それで……でも殿下がお嘆きになる姿は見ていられません。お叱りを覚悟で申し上げます」

ハーフィズの前にひざまずき、言い出しにくいことを無理して告白する時のように一度生唾を飲み込んでから、ムウニスは喋り始めた。

「ミズキ様が狂ってしまったというのは嘘です。ほんとは正気なんです。だからお願いです、そんなにお嘆きにならないでください」

お為ごかしの嘘はやめろと言いかけて、ハーフィズは思いとどまった。少年の体は小刻みに震えていた。白っぽくなるほど唇を噛みしめ、瞳を潤ませた表情に、真摯な気持ちがにじみ出ている。

「知っていたのに殿下に黙っていた私は重罪です。覚悟しています。でもミズキ様を責めないでください。あまりにお可哀相です。どうか責めないでください。ミズキ様も、サリーム様も」

ハーフィズの心臓が早鐘を打ち始めた。

「どういうことだ。瑞紀は首を吊った後遺症で、精神が壊れたはずだ。それともあれは全部芝居だったというのか？」

これ以上怯えさせないように口調を抑えて問いかけると、ムウニスは何度もかぶりを振った。

「ミズキ様が自殺しようとなさったのは本当です。一人にしてくれとおっしゃいましたから、私は部屋を離れました。でもとてもとても哀しいお顔をしていらしたのが気になって、心配でたまりませんでした。それでお飲み物を持って部屋に戻ったら、ミズキ様は首を吊っていらっしゃったんです」

ムウニスの言うとおりだろう。

瑞紀の喉に残った紐の痕には、何度も指で触れた。あれはメークによるごまかしではない。本当に痣《あざ》になっていた。

「ではなぜ助かった？」

「私がミズキ様の脚を支えて、助けを呼びました。たまたま離宮へ遊びにいらしていたサリーム様が来てくださって、紐を外してくださいました。私が部屋を覗くのが少し後になるか、サリーム様のおいでが遅かったら、ミズキ様はきっとお亡くなりになっていたはずです」

「……」

「お気がつかれたあとは、涙を流して笑っていらっしゃいました。何かおっしゃっていましたけど、日本語で、私にはわからなくて……本当に、気が狂ってしまわれたのかと心配でした。でも落ち着いたあとのミズキ様は、いつものお優しいミズキ様でした」

「気が狂ったと言い出したのは瑞紀の発案か？　そんな芝居をしてでも、日本へ帰りたいと言ったのか」

「いいえ……」

もしそうなら、狂う以上に瑞紀の心の傷は深い。自分に引き止める権利はない。

ムウニスは落ち着きなく視線を動かしたあと、意を決したように言葉を継いだ。

「サリーム様です。お可哀相なミズキ様を見て、同情なさったんだと思います」

「サリームが同情？」

「はい。ミズキ様が思いつめていらっしゃるのを知って、サリーム様がお力を貸すとおっしゃったんです。気が狂ったことにすれば、いくら殿下でも心を動かされるだろうとおっしゃって、治療のために故郷へ帰してくれるよう、口添えすると……殿下に嘘をついた私は重罪です。でもミズキ様やサリーム様はどうか許して差し上げてください」

涙をこぼしながら白状するムウニスを見下ろし、ハーフィズは考えた。

情にもろいムウニスは、自殺を図るほど追いつめられた瑞紀に同情したのだろう。そして今度は嘆く自分の姿を目にして心を動かし、事実を明かしたのだ。騙されたことに腹は立つが、ムウニスの心情は理解できる。それ以上に、瑞紀を追い込んだ原因を考えれば、自責の念を禁じ得ない。

しかし、それだけでは片づかない問題がいくつか残っている。

(好き嫌いの激しいあの性格で、サリームが瑞紀に同情などするか?)

サリームは一度嫌いになった相手をとことん嫌い抜く。そして長兄の自分に対する独占欲が強い。母親がいないうえ、アラブ人とは見えない外見をしているサリームをついついかばうことが多かったせいか、兄弟の中でハーフィズがサリームだけを特別に可愛がっているように思い込んでいる節がある。そのせいか、以前自分がすぐ下の弟に馬を与えた時、サリームはひどくふくれて文句を言った。ハーフィズにはサリームを特別視しているつもりはなかったが、興奮して泣きそうなサリームに説明するのが面倒で、また今度、サリームにもいい馬をやると言ってなだめただけだったのだけれど――。

(マスウードにやった馬は確か、寝藁《ねわら》に混じっていた釘《くぎ》で怪我をした。馬番の不注意による事故として片づけられたが……)

本当にただの事故だったのだろうか。

(サリームは瑞紀を私から遠ざけたがっていたから、日本へ送り返す準備を手伝うのは当然だと考えていた。だが本当にそうなのか?)

よく考えてみれば、おかしい。

自分が瑞紀に注いだ愛情は、他の弟に対するものとは比較にならなかった。それをサリームが見過ごしにするだろうか。

瑞紀が本当に狂っているのなら、何をしても無駄だからと思い仕返しを断念することはあり得る。しかし正気なのを知っているのに、瑞紀の望みどおり日本へ帰れるよう手伝うとは考えにくい。

それに瑞紀の眼鏡の件がある。なぜ視界が悪くなるのを承知で、度が入った眼鏡を置いていったのか。狂っていないのに間違えるはずはない。

部屋を出ていく自分を見送る瑞紀は、もの言いたげな表情だった。あれは、心が壊れた人間の演技を捨てて、自分に何か訴えようとしていたのではないだろうか。サリームが話しかけてきたために、結局何も話さないまま終わってしまったが——。

ハーフィズの心の中で、サリームの顔が暗い不安を孕《はら》んでふくれ上がった。いやな予感がする。

(瑞紀を捜さなければ……!!)

ハーフィズは勢いよく立ち上がった。

5

一方、離宮から連れ出された瑞紀は、車に乗せられてどこかへ運ばれていた。

もともと土地勘がないのに目隠しをされたため、場所の見当がつかない。ただ、最初は時速百キロに届くかというようなスピードを出していたのに、途中から遅くなり、何度も何度も道を曲がったことから、整備された大通りを外れて、旧市街のような道幅が狭い地区へ入ったのではないかと思った。

目隠しのアイマスクを外されたのは、車から降ろされ、ダーギルに腕をつかまれて曲がりくねった道を歩き、どこかの建物へ入ったあとだった。

「ここは……」

アイマスクをかける際に眼鏡を取り上げられて捨てられたから、目隠しがなくなっても、瑞紀の視界はぼやけたままだ。もっともその眼鏡も素通しだったので、あっても役には立たない。

かろうじてわかるのは、倉庫のようなだだっ広い場所だということだ。袋か樽《たる》か、瑞紀の視力では判然としないが、奥の壁に沿って何段も積み上げてあり、手前には学校の教室くらいのスペースが空いている。そこに男たちが何人か、立ったり何かに腰掛けたりしてたむろしている様子だった。

瑞紀をつかまえたまま、ダーギルが男たちに何か言った。アラビア語なので瑞紀には意味がわからない。だが自分に向いた男たちの視線が何か淫猥な気配を含んでいるのを肌で感じ、いやな予感を覚えた。

隣にいるサリームが軽蔑したように鼻を鳴らし、英語で呟いた。

「薄汚い連中。さっさとすませてくれないかな、埃《ほこり》っぽくていやになってきた。用さえ済めばボクはすぐ帰るのに」

「用?」

「瑞紀を見送ってやるって、兄様に言ったからね。……ああもう! 無礼な奴らだなぁ。商品を値踏みするのは勝手だけど、ボクのことまでいやらしい目で見るな!」

癇癪を起こしたのか、サリームはさらに一言二言アラビア語でダーギルにどなった。どうやら倉庫にいた男たちがサリームをじろじろ眺めたのが気に入らず、やめるように命じたものらしい。

しかし瑞紀にはそれ以上に気にかかった言葉があった。

「商品を値踏みって……どういうことなんだ」

「商品は商品さ。よかったね。中国人や日本人の頼りない目つきは色っぽくて人気があるんだって。不安そうな顔がそそる、年よりずっと若く見えるし肌が綺麗だから、二十歳ぐらいにサバを読んだらきっと買い手がつくだろう。そう言ってるよ」

「まさか、人身売買……?」

信じたくない思いで呟く瑞紀に、サリームは楽しそうに頷いた。

「そのとおりだよ。希望どおり、この国からは出られるんだからいいじゃないか。どこへ売られるのかはボクにもわからないけど。どこか遠くの国で、助平なヒヒ爺《ジジ》ィや脂性のデブにいたぶられるんじゃないの? 言っとくけど、こいつらには英語も日本語も通じないよ。わざとそういう下等な組織を選ばせたんだ。ミズキが兄様の名を出して脅したりできないようにね。何を言っても無駄だよ」

言うなりサリームは瑞紀を力一杯突き飛ばした。不意を打たれ、瑞紀は空いたスペースへまともに倒れ込んだ。

それが合図のように、男たちが瑞紀に歩み寄ってきた。眼鏡がなくて表情が見えないが、それでも男たちがにじませる、悪意と欲情の混じったいやな雰囲気はひしひしと肌に伝わってきた。距離が詰まると、人相の悪さや、全員が銃やナイフをベルトに差していることもわかった。

跳ね起きたが、その時にはすでに取り囲まれている。猫が鼠をいたぶるように、ゆっくりと男たちは包囲の輪を縮めてきた。

壁際へ下がったサリームがひとしきり笑ったあとで説明した。

「売り飛ばす前に商品の具合を確かめるってさ。まあ、それがボクのつけた条件でもあるんだけど。ミズキをめちゃくちゃにしてくれって」

「な……‼」

愕然とした瑞紀を、いつの間に近づいてきたのか、背後にいた男が羽交い締めにしようとする。

「や、やめろ！」

身をよじったのが、肘打《ひじう》ちを喰らわせる格好になった。伸ばされた手を振りほどいて、瑞紀は出入り口らしい扉が見える方向へ走ろうとした。

「……うあっ⁉」

床に紐か何かが落ちていたようだ。つまずいて転倒した。

起き上がる間はなかった。誰かの手に肩をつかまれ、仰向けに転がされた。

「い、いやだ！　やめろ、離せっ‼」

こぼれた日本語での叫びに答える者などいない。男たちはアラビア語で何か言い合い、下卑た笑いを漏らして瑞紀を押さえつけた。

ブルゾンが乱暴にむしり取られた。下に着ているコットンシャツの襟元に男の一人が手をかけ、遠慮なく左右に引いた。ボタンがちぎれ飛び、胸肌があらわになった。

ベルトが引き抜かれ、ジーンズとトランクスを下ろされた。下腹部が空気に晒される。

片足をつかまえた男がにやにや笑いながら、瑞紀のスニーカーを脱がせ、ジーンズと下着を抜き取ろうとする。別の男は脚の間に体を割り込ませ、下腹部へ手を伸ばしてきた。

「……触るなっ！」

鳥肌が立った。触れられた部分の皮膚を、ナイフで削《そ》ぎ取ってしまいたいような嫌悪を覚えた。

初めてハーフィズに犯された時、もちろん拒否感はあった。けれどもこれほどの気持ち悪さは感じなかった。

あの時、自分の心には誰も住んでいなかった。今は違う。

精悍な美貌が脳裏をかすめた。

彼以外には、触れられたくない。他の相手と肌を合わせたくない。

（いやだ……助けてくれ、ハーフィズ!!）

欺いて帰国しようとした自分には、もうハーフィズに助けを求める資格などないのかもしれない。自分の存在は、彼にとって足を引っ張るだけなのかもしれない。

そうとわかっていても、瑞紀にとって呼ぶべき名は一つしかなかった。

「離せと言ってるんだ!!」

つかまれていない方の脚を思いきり蹴り上げた。偶然にも、瑞紀の下半身へ手を伸ばしていた男の顎に当たった。

男が何かわめき散らし、ベルトに差していた拳銃を抜いた。

「……っ！」

撃たれるのかと思ったが、違った。素手で殴るのでは気がすまなかったのか、男は拳銃の銃把で瑞紀を殴りつけた。

頬に凄まじい衝撃が来た。目の奥に火花が散るという表現は、比喩《ひゆ》ではなく事実だと知った。一発、二発。殴られるたび脳が激しく揺さぶられ、意識がぼやける。

楽しくてたまらないというようなサリームの笑い声だけが、耳に届いた。

瑞紀が朦朧《もうろう》としている間に、下半身を覆う衣服は完全に取り去られてしまった。面倒くさいのかシャツはそのままだ。

瑞紀を殴った髭面が、にやにや笑いながら長衣の裾をたくし上げた。ズボンと下着をずらして、瑞紀の顔のすぐそばへしゃがみ込み、何か命じてくる。アラビア語はわからないが、すでに勃ち上がり透明な雫をにじませている肉塊を見れば、男の目的は明らかだ。鼻を突く生臭さに顔を背けようとしたが、逃げることは許されなかった。前髪をつかまれ、濡れた先端を唇に押しつけられた。

サリームの声が聞こえた。

「ちゃんとしゃぶれ、噛んだら殺すってさ。……どっちでもいいよ。とにかくボクはお前がぼろぼろになるのを見届けたくて、一緒に来てやったんだからさ。レイプでも殺されるのでも、好きな方を選べば?」

瑞紀の体が震えた。

自分がこのまま死んだらハーフィズはどう思うだろう。離宮を離れる前に自分を抱きしめて言ったように、己の行動が瑞紀を追いつめて心を壊したと誤解し、悔やみ続けるのではないだろうか。

(だめだ。生き延びてハーフィズに事実を伝えて……嘘をついたことを、謝らなきゃいけない。それまでは死ねない)

そむけようとした顔を戻し、瑞紀はてらてらと光る肉の棒を口に含んだ。悪臭に息が詰まる。噛み切ってやりたいほどの嫌悪感をこらえ、裏筋に添って舌を這わせた。髭面男が、満足そうな吐息を漏らした。

別の男が何か言い、瑞紀の脚の方へ回った。両脚を大きく開かせてその間に体を入れ、笑いながら後孔を指でつつく。他の連中が一緒になって笑うのが聞こえたから、きっと自分の体に関して卑猥なことを言ったのだろう。悔しさに涙がにじんだ。

指が離れた。中へ油を塗り込まれるのかと思ったが、違った。唾を吐く音が聞こえた。さっき不審を覚え、精一杯首を曲げて男の様子を見ると、掌で自分自身をこすっている。さっき吐いた唾をなすりつけているらしい。瑞紀の体をほぐそうとはせずに腰をつかんで引きずり上げ、屹立をあてがった。

「……んうぅ!! う、ぅーっ!」

塞がれた瑞紀の口から悲鳴がこぼれた。

まともな潤滑液もなければ前戯もない。無理矢理にねじ込まれた。

あまりの苦痛に身をよじって逃れようとすれば、前髪を引っ張られ、口腔《こうこう》をさらに深く犯される。男たちの笑声が鼓膜を叩く。

（ハーフィズ……ハーフィズ！）

今になってわかる。ハーフィズが瑞紀の体を傷つけようとしたことは、一度もなかった。心を傷つけられたことはあった。瑞紀の気持ちを考えず、ハーフィズは自分自身の欲求を最優先した。何度も死にたいほどの羞恥や屈辱を味わわされた。けれどあれは、王子として育ったハーフィズには、他人の心情を解する能力が未発達だったせいだ。

もう一度、もう一度話せばきっとわかりあえる。だが――。

「……ん、うっ！」

誰かの手が瑞紀自身を握り込んだ。固い掌が遠慮なく、先端から根元、袋の方まで弄り回す。別の手は胸の突起を嬲り始めた。つぶされるのかと思うほどの強い力でつまんだあと、一転して、優しく指の腹でこねた。

（いやだ……いやだ、ハーフィズ！）

瑞紀の意志に逆らって、乳首が硬くとがる。体の中心へと熱が集まり、昂ぶり始める。男たちの嘲笑が降ってきた。

「……ううっ……」

後孔に押し入っていた男が呻いた。引き抜きざまに、瑞紀の腿や下腹部に粘っこい液体を浴びせかける。気持ち悪さに身を震わせる間もなかった。次の男に腰をつかまれ、強引にねじ込まれる。

周囲から笑い声が起きた。

口と後孔を犯す二人は、自分勝手に快感を追い求めているだけだ。けれど男が動くたび、牡が偶然に前立腺の裏を強く押したり、こすったりする。敏感な上口蓋を、鰓の張った部分でくすぐられる。快感が脳天まで駆け上がり、意識が溶け崩れそうになる。

「……っ!」

昴ぶりを手で弄ばれ、こらえきれずに瑞紀は迸らせた。男たちの笑いに混じって、サリームの声が聞こえた。

「はん。イっちゃったんだ。男なら誰でもいいんだね。嬉しそうにくわえこんで、よがっちゃってさ。写真を撮って兄様に見せて、ミズキの正体を教えてやりたいよ。……ボクのしたことがばれたら叱られるから、秘密にするしかないけど」

自分に聞かせて辱めるために、わざわざ英語で喋っているのだろう。そのことが逆に、自尊心を奮い立たせた。

(流されるものか……!!)

行為に溺れ込んでしまえば楽になれることはわかっていた。けれどそれはハーフィズに対する裏切りだ。体が反応しても、意識は流されない。快感に逃避しない——それだけが、今の瑞紀に唯一可能な抵抗だった。

「う……ううっ!」

無理矢理くわえさせられていた肉塊がびくっと震え、口の中に青臭い液体を注ぎ込まれた。飲みたくない。

口の中から引き抜かれるのと一緒に、瑞紀は精液を吐き出した。飲まなかったことで殴られるかもしれないが、我慢できなかった。男たちにとって自分は売り物なのだから殺されることはあるまい。

(……?)

次の男が自分の口を犯そうと待っているのではないか、そう思っていた。裸眼なのでよく見えなかったが、人身売買組織の男たちは四、五人はいたはずだ。だが自分のそばにいるのは三人だけで、その男たちも何かに気を取られて、瑞紀にはさほど注意を払っていないように見える。

(なんだ？　何が……)

そう思った時、サリームの悲鳴が聞こえた。

頭を起こすと異常な光景が目に映った。自分から離れた男たちがサリームを押さえつけているようだ。

せせら笑うような口調の男たちの声も、サリームの叫びも、すべてアラビア語なので意味がわからない。ただ不穏な——そしておそらくはサリームが予想もしなかった——事態が起こっているのは感じる。

布の裂ける音にサリームの泣き声が混じった。のしかかって白い長衣を引き裂いているのは、サリームの召使い、ダーギルだ。

(どういうことだ？　あいつ、主人を裏切ったのか？)

ここへ連れてこられる前、サリームが自分を脅した時のことを思い出した。『抵抗すればダーギルに射殺させる。責任はダーギル一人に押しかぶせる』という意味のことを、サリームは言っていた。普段からそういう言動を取っていたとしたら、ダーギルがわがままな主への忠誠心をなくし、反旗を翻すチャンスを窺うようになっても不思議はない。

平手打ちの音が何度か聞こえた。サリームの悲鳴はすすり泣きに変わってしまった。男たちが、嘲りを含んだ声で何か言い合い、下品な笑い声をたてている。

瑞紀の口に射精した男と順番を待っていた男は瑞紀のそばを離れ、サリームの方へ行ってしまった。残った一人が突き上げの速度を速めてくる。もうすぐ終わりらしい。

（サリームは僕を人身売買組織へ売るつもりだったはずだ。でも組織側からしたら、どうなんだろう）

自分よりサリームの方がずっと値打ちのある商品に見えるのではないか。なにしろまだ十六歳の若さと美貌に加え、王族という高貴な血筋のおまけまでついている。

アラブ人に見えない外見のせいか、王宮内におけるサリームの扱いは軽いらしい。ハーフィズも『哀れに思ってかばっていたらなつかれた』という意味のことを言っていた。

つまりサリームがいなくなっても、自分の意志で失踪したように装えば、熱心な捜索は行われないのかもしれない。

まさか仲介役の召使いに裏切られるとは思っていなかっただろう。サリームは、瑞紀を売り渡すことがハーフィズにばれないよう、細心の注意を払って人身売買組織と接触したはずだ。組織にしてみれば、極上の獲物が自分から網の中へ飛び込んできた形に違いない。現に男たちは自分よりもサリームに注意を奪われている。

瑞紀を犯していた男が、中に射精した。熱い液体が自分の中へ広がる感触は言いようもなく不快で、すぐにも指を入れてかき出したいほど厭わしい。だが瑞紀は身動きせず、目の焦点も合わさずに、ぐったりしたふりを装った。男の油断を誘いたかった。

意識のないふりをしている瑞紀に興味を失ったのか、男はサリームの方へ歩いていった。

一人残された瑞紀は、頭の中で必死に考えをめぐらせた。

(このまま僕とサリームが売り飛ばされたら、どうなるんだ?)

自分の行方を知る者は誰もいなくなる。日本に帰国していないことをハーフィズが知ったとしても、その頃には手がかりは消えているはずだ。

(このままじゃだめだ。逃げなければ)

男たちの注意はサリームに集中している。体力が尽きている瑞紀のことは、放っておいても大丈夫とたかをくくっているのだろう。

けれど普通に走って逃げるのは無理だ。

今ぐったりしているのは演技だが、犯されたり殴られたりしたダメージがないわけではない。いくら男たちの注意が逸れているとはいえ、部屋の戸口まで行ったあたりで気づかれてつかまるのが落ちだろう。

どうすれば逃げ出せるのか。

(何か……何か、使えるものはないのか。消火器とか、発煙筒とか)

そっと部屋を見回した瑞紀の目に、鈍い光沢を放つ黒い塊が映った。

拳銃だ。男の一人が自分を殴ったあと、床へ置いたようだ。距離は一メートル足らず。跳ね起きて飛びつけば、男たちが気づく前に手に取れる。

(相手は五人、いや、ダーギルを入れて六人……)

銃弾が何発入っているのかはわからないし、自分は銃など持ったこともない。当てる自信はまったくないが、誰だって自分が撃たれるのはいやなはずだ。自信ありげな顔をして『近づいた者から撃つ』と脅せば、逃げ出せるかもしれない。

(腕は、動く。脚も……大丈夫だ。動きそうだ。問題は目か)

自分と、サリームに群がっている男たちとの距離は十メートルをすこし切るくらいか。裸眼では、正しく狙いをつけることはできない。さも見えているような芝居でごまかすしかないだろう。

高く売れそうなサリームがいれば、彼らも自分には執着しないかもしれない。だから一人で——。

(……見捨てるのか? あの子を?)

心が波立った。

サリームに好意は持てない。何度も暴言を吐かれたし、今回は自分を騙して人身売買組織の連中に輪姦させ、売り飛ばそうとさえした。もしかすると、召使いを買収して国王に密告させたのも、サリームの仕業かもしれない。だがその原因は、兄を瑞紀に取られたと感じたゆえの嫉妬心だ。

彼はまだ十六の子供でしかない。

(見捨てて……それで、僕は平気でいられるのか?)

彼が今受けている苦痛が軽率さへの罰というなら、重すぎる。サリームを身代わりにして一人だけ逃げ出したなら、自分は一生罪悪感に苛まれるだろう。

(……くそっ!　どうにでもなれ!!)

瑞紀は跳ね起き、拳銃に飛びついた。

立ち上がるとふらつきそうだったので、床に片膝をついて銃を構え、叫んだ。

「動くな!」

連中は英語を話せないという話だったが、日本語よりはまだ通じやすいだろう。ちょっとした単語ぐらいは理解できるのか、それとも声の調子で異変を感じたのか、男たちの動きが止まった。

眼鏡がないせいで視界はぼやけ、初めて持つ銃は重い。

目を凝らして懸命に焦点を合わせ、男たちに狙いをつけるふりをした。当たるかどうかはわからない。けれど自信ありげな顔を保たなければ、男たちを怯《ひる》ませることはできない。

「ミズキ……?」

ダーギルにのしかかられているサリームが、震える声で呟く。

「サリーム。僕はアラビア語を話せない。彼らに通訳してくれ。……君を離して両手を上げて、部屋の隅へ移動しろと」

「な、何を言ってるのさ。僕を助けて恩を売ろうっての？　冗談じゃないよ！」

「そんな話をしている時か!!　君がそのままでいたいのなら別にいい、でも僕はこの連中に売り飛ばされるのなんかごめんだ！　もう一度、ハーフィズに会うまでは……」

「今更どんな顔で兄様に会うつもり!?　兄様を騙して出国しようとして、しかもこいつらにさんざん汚されたくせに！」

「君がどう思おうが、僕は死ねない。まだ死ねない。輪姦されたから、なんだっていうんだ。この連中を殺してでも生き延びてやる。……ハーフィズに会って、騙したことを謝らなきゃならないんだ！」

銃の重さに手が震える。

暴力沙汰は嫌いだ。それ以上に血が苦手だ。もしも命中して誰かに怪我をさせたり、命を奪ったりしたら、きっとあとでひどい後悔に苛まれるだろう。だが今は構っていられない。もう一度ハーフィズに会い、騙したことを詫びて思いの丈を告げるのが先だ。後悔も贖罪《しょくざい》も、そのあとだ。

必死の虚勢が効いたか、男たちは動かない。両手を上げる者もいた。

サリームは、男たちにアラビア語で瑞紀の言葉を伝えたようだ。覆いかぶさっていたダーギルが体を離すのが見えた。

「よし。サリーム、こっちへ来てくれ」

瑞紀は呼びかけた。

眼鏡をなくした自分は、はっきり物が見えない。サリームがそばへ来て誘導してくれれば、なんとか二人で逃げ出せるはずだ。

けれども次の瞬間、思いがけないことが起こった。

立ち上がったサリームは、男たちに向かって何かわめき、戸口へと駆け出したのだ。

「サリーム⁉」

瑞紀は慌てた。

アラビア語だったが、雰囲気で何を言ったかはわかった。きっと『自分に手を出したら、瑞紀が撃つ』とでも言ったのだろう。一人で逃げるつもりらしく、サリームは扉に飛びつき、引き開けている。

瑞紀は動けなかった。銃を男たちに向かって構えたまま、戸口まで行くのは不可能だ。眼鏡なしでは、落ちている物に足を取られて転ぶに決まっている。

（ど、どうしたらいいんだ……）

だがその時、ダーギルが動いた。

腰のベルトから何か黒い物を引き抜く。走るサリームに向かって構えている。はっきり見えないが多分、銃だ。

「やめろ、撃つな！」

とっさに出たのは日本語だった。通じるはずもない。

その瑞紀の声と、扉が敷居にこすれる耳障りな金属音と、男たちの罵声にかぶさって——銃声が響いた。

悲鳴とともに、サリームが崩れ落ちる。

「サリーム⁉」

恐怖と絶望が瑞紀の心を覆った。

自分が銃を向けている男たちは、人身売買組織に属する犯罪者だ。平気で人を撃てるのだ。サリームが撃たれて残るは自分一人、多勢に無勢だ。使い方さえわからない銃一丁を手にしたところで、逃げ出せるわけがない。

(いやだ……ハーフィズにもう一度会わなくちゃならない！　会って誤解を解いて、謝りたいのに……‼)

諦めたくない——だがどうすればいいのか。瑞紀が唇を噛んだ、その時だった。

半開きになった扉の向こうから、走って近づいてくる靴音が聞こえた。一人や二人ではない。男たちが浮き足立った。

(なんだ⁉　誰が……あっ！)

直感が瑞紀に教えた。夢中で名を呼んだ。

「ハーフィズ！　ハーフィズなのか⁉」

「瑞紀！」

忘れるはずもない、深い響きの声が返ってくる。涙がこぼれそうだ。

「ここだ、ここにいる！　ハーフィズ!!」

「瑞紀っ！」

武装した兵士たちが倉庫内になだれ込んでくる。その中にハーフィズが混じっていた。眼鏡なしでも、すぐにわかった。

まっすぐ瑞紀のところへ駆け寄ってきたハーフィズはそばに膝をつき、まず手首をつかんで銃を下ろさせた。それから長衣の上に着ていたローブを脱ぎ、半裸の瑞紀をくるみ込んだ。

「もう大丈夫だ。銃を離せ、瑞紀」

「指が……動かない」

声が震えているのが自分でもみっともなく思えたが、どうしようもなかった。極度の緊張のせいで筋肉がこわばり、拳銃を離すことができない。

ハーフィズがそっと指をつかんで、一本ずつ外してくれた。取り上げた銃を見て、あきれた口調で呟く。

「安全装置がかかったままだ。これでは撃てないぞ。こんな物を構えて、どうするつもりだったんだ」

「に、に……逃げ、たかっ、た」

「瑞紀？」

「逃げ……逃げて、君に、会って……嘘をついたことを、謝ろう、と……」

まともに声が出ない。体までが、がくがく震えてきた。今頃になって恐怖が身にしみる。

ハーフィズが抱きしめてくれた。

「もういい。もういいんだ、瑞紀。大丈夫だから、先に手当を」

「待って……待って、くれ。頼む」

これだけは言っておかなくてはならない。

「ごめ、ん。ごめん、ハー、フィズ。騙して、悪かっ……もちろん、僕がいると、君のために、ならない。別れなきゃいけない」

喋っているうちに、少しは普通に言葉が出るようになってきた。瑞紀はハーフィズの肩に手を置き、抱きしめる腕をゆるめてもらい、視線を合わせて詫びた。

「でも、あんなやり方はよくなかった。君の心を傷つけるような嘘をついて……本当に、悪かった」

ハーフィズが溜息をこぼした。

やはり許してもらえないのかと思った時、また強く抱きしめられた。

「まったくお前は……助かって最初に口にする言葉が、それか。ここへ連れてこられて、さんざんひどい目に遭ったのだろう?」

「あ……」

殴られた顔は腫れぼったいし、口元も下半身も精液で汚れていたはずだ。犯されたことは、すぐわかったに違いない。シャツの袖で口元を拭ったものの、恥ずかしさと情けなさでいたたまれなくなり、瑞紀はハーフィズの腕から抜け出そうと身をよじった。しかし一層強く抱きしめられて、動けない。

憤りと哀しみと悔しさが混じったような声で、ハーフィズが呟く。

「謝る必要などない。ムウニスにすべて聞いた。もう少し早く駆けつけていれば、瑞紀をこんな目に遭わせはしなかったものを……サリームがお前に手を貸したのはおかしいと思って、行き先を調べさせたんだ」

「そうだ！　サリームは⁉」

薄情なようだが、撃たれたサリームのことをすっかり忘れていた。見回したが、眼鏡がなくてよくわからない。目を細めて少しでも焦点を合わせようとした。

「目つきが悪いぞ、瑞紀。兵士たちをにらむな」

「にらんでないよ。眼鏡がないと僕は、こうして目を細めない限り何も見えないんだ」

答えたあとで、気がついた。

以前にも眼鏡を踏み割ったハーフィズを見つめていて、にらむなと言われたことがあった。もしや、眼鏡なしで何かを見ようとする自分は、相当に目つきが悪いのだろうか。人身売買組織の連中が怯んだ様子でなかなか反撃してこなかったのも、そのせいかもしれない。

「これだろう？　持ってきてやったぞ」

ハーフィズが眼鏡を渡してくれた。

「ちゃんとかけさせたのに、これが部屋に残っていたからな。気が狂っていないのなら、お前が眼鏡なしで出発するはずはない。何か危険なことが起こったというサインではないかと思った」

「……ありがとう」

安堵の息を吐き、瑞紀は渡された眼鏡をかけて、再度倉庫内を見回した。

ダーギルと人身売買組織の男たちはすでに拘束され、外へ引っ立てられていくところだった。サリームは兵士に傷の手当を受けている。撃たれたのは脚らしい。あまり血は出ていないようだ。

「よかった、命に関わる怪我じゃないんだ」

自分の意図とは違いサリームは一人で逃げようとして撃たれたのだけれど、きっかけは自分が銃を手にして反撃を試みたことだった。あれでもしサリームが射殺されていたら、寝覚めが悪すぎる。

「よく『よかった』などと言えるな。お前がお人好しなのは知っているが、ものには限度がある」

「え……」

ハーフィズに視線を戻した瑞紀は、その表情の険しさに驚いた。弟に向けた目に、今までのような兄らしい情愛はまったく残っていない。

(サリームが僕を人身売買組織に売ろうとしたことは察してるみたいだけど……そのあとダーギルに裏切られてどんな目に遭ったかは知らないはずだ)

立ち上がったハーフィズの腕に手をかけ、瑞紀は小声で教えた。

「サリームはダーギルに裏切られて、売り飛ばされるところだったんだ。それで、ここにいた連中に、その……わかるだろう?」

「それがどうした」

「どうって……傷ついてるよ、きっと」

「自業自得だ」

引き止める瑞紀の手を払い、ハーフィズは大股《おおまた》にサリームへ歩み寄っていった。

気がついたらしく、座り込んでいたサリームが救いを求めるような眼差しと、安堵と媚びの混じった笑みを兄に向ける。

アラビア語で何か言い始めたのを、ハーフィズは冷たく遮り、英語で言った。

「英語で話せ、サリーム。お前が何を企《たくら》んだか、瑞紀の話と照らし合わせる。言っておくが、ムウニスはすべて白状したぞ」

冷たい口調に一瞬怯んだ表情になったものの、サリームは離れて立っている瑞紀をにらみつけてから、英語で話し始めた。

「ミズキにでたらめを吹き込まれたんだね、兄様……見ればわかるでしょう? ボク、ダーギルに騙されたんだ。瑞紀が飛行機に乗るところまで見送るつもりでいたら、こんな場所に連れてこられて……ダーギルたちを処刑してよ! あいつらみんなでボクにひどい真似をしたんだ!!」

だがハーフィズは必死に訴えるサリームの言葉を遮った。

「瑞紀に罪を着せようとするのはやめろ。お前も騙されたには違いないだろうが、被害者ぶっても無駄だ。私がどうやってこの場所を突き止めたと思っている。ダーギルが連絡係に使っていた下働きを捕らえ、白状させた。そやつはお前がどんな命令を下したかを、ダーギルと一緒に聞いていたそうだぞ」

「……っ」

「お前はこの連中が人身売買組織だと知っていた。瑞紀を引き渡して暴行させたうえで売り飛ばすよう仕向けた。正直に白状するならともかく、この期に及んでも嘘をつき言い逃れを図るとはな。……許すわけにはいかない」

凍るように冷ややかな口調で言い、ハーフィズはサリームの周囲にいる兵士たちに合図を送った。二人の兵士が、両横からサリームの腕をつかまえる。王族に対する扱いではなく、犯罪者を拘束する手つきだった。

兄の怒りがただならぬことを感じ取ったか、サリームが青ざめる。

それでも今まで可愛がってくれた兄弟の情に訴えようと思ったらしく、瑞紀を指さして懸命に言いつのった。

「だ、だって、こんなのがいたら兄様のためにならない！　兄様があんなに大事にしてやったのに、気が狂ったふりで逃げ出そうとした恩知らずなんだよ!?　しかもあんな屑《くず》どもに犯されても自決するどころか、喜んで次々と……ああっ!!」

容赦のない断罪に、瑞紀は思わず顔を背けた。だがサリームの言葉は途中で途切れ、代わりに鈍い打撃音と悲鳴が聞こえてきた。

目を向けると、鼻血で顔を汚し、崩れ落ちそうに体を傾けたサリームが見えた。ハーフィズに殴られたのに違いない。兵士に両脇を支えられているのでなければ、おそらく床へ倒れ込んでいただろう。ハーフィズは嫌悪をあらわにした目つきで弟を見下ろしていた。

「ハーフィズ……‼」

「少し待て、瑞紀」

驚いて呼びかけた瑞紀に対し、やわらかくなだめるような口調で言ったあと、ハーフィズは再びサリームへ視線を向けた。口を開いた時には、冷ややかな声音に戻っている。

「今すぐお前を殺したい気持ちを、私が必死で抑えているのがわからないか。父上の子供でなければ、とっくに射殺しているところだ。……お前の処分は父上に諮《はか》って決める。だがこれ以上瑞紀を貶めるなら、二度と喋れないようにその舌を切り落としてやる」

ハーフィズの命令を受け、兵士たちがサリームを乱暴に外へ連れ出した。狂ったように兄の名を呼び、瑞紀を罵る声がしたが、口を塞がれたのか、すぐに聞こえなくなった。

倉庫の中には二人きりになった。

「瑞紀……」

ハーフィズに呼びかけられて、本当に助かったのだと感じた。だが一番知られたくないことも知られてしまった。

ふうっと目の前が暗くなる。

「瑞紀っ！」

ハーフィズが素早く駆け寄り、支えてくれた。

「大丈夫か？」

「……サリームの言ったことは、でたらめじゃない」

横を向いて視線を避け、瑞紀は呟いた。

「僕はあの連中に輪姦された。抵抗したけど、自分で命を絶って誇りを守ろうとはしなかった。……死にたくなかったんだ。未練な奴だと思うだろう？　離宮では一度自殺を図ったくせに、って」

「瑞紀。もういい」

「あの時は、もう何もかもどうでもよくなって、死にたかった。でも今度は死にたくなかった。どんな目に遭わされても、死ねないと思ったんだ。もう一度君に会って、嘘をついたことを詫びるまでは……すまない。僕は君に助けられる資格なんか……」

「もういいと言っている」

顎をつかまれ、ハーフィズの方を向かされた。顔が近づく。

口づけるつもりだと悟って、瑞紀は腕をハーフィズの胸に突っ張り、拒んだ。

「よせっ！　やめてくれ！」

「……」

ハーフィズの手がゆるんだ。

「そうか。そうだったな」

哀しみを隠しようもない声音に、瑞紀はハッとした。

漆黒の瞳が自分を見つめている。深い色に圧倒される。そこにあるのは怒りでも傲慢さでもなく、哀惜だ。

押しのけた瑞紀に怒りもせず、ハーフィズは静かに言葉を続けた。

「騙されたのはもちろん腹立たしい。しかし瑞紀を永遠に失うことに比べたら、些細《ささい》なことだ。お前が本当に死んでいたらと思うと、ぞっとする。私は今まで何も恐れたことはなかったけれど、お前が死ぬのはいやだ。……そして本気で自殺を図るほど、お前を追いつめたのは私だ」

「違う、あれは」

瑞紀の言葉に耳を貸さず、ハーフィズは呟いた。

「瑞紀を手放すのは耐えがたいが、無理矢理手元にとどめれば、きっとまた同じことになる。傷の手当がすめば、今度こそ本当に日本へ帰してやろう。死を選び、口づけさえ拒むほど、お前が私を嫌っている以上は……」

「違う、嫌いなんじゃない！」

ハーフィズが睫毛を伏せたのを見た瞬間、勝手に言葉が飛び出した。

「嫌いだったら君が結婚しようが、僕を道具扱いにしようが、構うものか！　だけど無理だったんだ!!　そんなふうには割り切れなかった、僕は君の『愛してる』って言葉を信じたくて、でも……あ……」

自分はいったい何を言っているのか。我に返り、瑞紀は口をつぐんだ。

ハーフィズは呆然《ぼうぜん》と目をみはり、瑞紀を見下ろしている。暗く沈んでいたその瞳は、一転して夜が明けたかのように、明るい光をたたえていた。

「それは、瑞紀が私を愛しているということか?」

「……っ……」

嘘がつけない。ハーフィズの哀しみに沈んだ瞳を見てしまったあとでは——瑞紀自身の本心を口走ってしまったあとでは、もう見え透いた芝居はできない。

ハーフィズが畳みかけるように尋ねてくる。

「ではなぜ、口づけを拒んだ」

「サリームが言っただろう?　僕は、あの連中に……こんな体で君に触れたくない」

瑞紀は視線を逸らした。思い出すだけで体が震える。出された精液を吐き出し口元をシャツで拭ったからと言って、犯された事実が消えるわけではない。現に、腿を伝って残滓が流れ落ちるのがわかる。

もう一度嫌悪に身を震わせた時——いきなり抱き寄せられた。

自分の口に重なったのがハーフィズの唇だと知った瞬間、瑞紀は固く歯を食いしばり、必死でもがいた。胸に腕を突っ張り、もう片方の手で何度もハーフィズの背中を殴る。

「……何をする」

唇を離したハーフィズが、不機嫌な顔で言った。

「何をするはこっちの台詞だ！　僕の話を聞いていないのか⁉　僕はあの男たちに、く……口でも……」

最後まで言えずにうなだれた瑞紀の顎をつかんで、ハーフィズが自分の方を向かせた。

「言うな。瑞紀の罪ではない。そんな記憶は消してやる」

堂々と言いきられて、瑞紀は言葉を失った。

「拳銃を構えて、連中をにらみつけていた瑞紀は凛々《りり》しかった。お前は汚されてなどいない。……お前が私を愛しているとわかった以上、何も恐れるものはない。瑞紀も恐れるな。ここで起こったことなど忘れてしまえ。私が忘れさせてやる」

自信満々のハーフィズに気圧されながら、かろうじて瑞紀は呟いた。

「僕は君のそばにいない方がいいんだ」

「愛していない、とは言わないんだな。そこからなぜその結論になるのかは、離宮でゆっくり聞こう」

言うなりハーフィズは、軽々と瑞紀を抱き上げた。

拒まなければならない。いい年をした男がこんなふうに運ばれるなんて——そんな思いが脳裏をかすめたが、言葉は出てこなかった。ハーフィズの腕の力強さが、胸の温かみが、心地よかった。

涙があふれた。

車の中でハーフィズに抱きしめられたまま、瑞紀は気を失ってしまったらしい。気がついた時には清潔な新しい服に着替えさせられ、ベッドに寝かされていた。髪も体もすべて洗い清められたようだった。恥ずかしいが、意識のない間に終わってしまったことは今更どうしようもない。

それよりも、ベッドのそばに置かれたカウチに座って微笑しているハーフィズが、問題だ。

「……まさか、ずっとついててくれたんじゃないだろうね」

「何がまさかだ？　ここでも書類に目を通す程度の仕事はできる。本当はずっと寝顔を見ていたかったが、そうもいかなくてな」

食事はここへ運ばせ、寝る時もこの部屋でやすんでいたという。

救出されてから自分は、二日近くも眠り続けていたらしい。ハーフィズを騙しているという罪悪感から解き放たれたせいか、眠りは深く安らかで、久々に気持ちのいい目覚めだったことを、瑞紀は思い返した。だが本当は、ハーフィズに見守られているのを無意識に感じていたため、安心しきって眠れたのかもしれない。体力も完全に回復したようで、ベッドから下りてもふらつくことはなかった。

身繕いをして寝室からリビングスペースへ移り、用意されていた食事を摂《と》る間も、ハーフィズは瑞紀のそばを離れなかった。

聞きたいこと、言いたいことがたくさんあるだろうに、あえて何も言わず瑞紀を見守ってくれている。以前のハーフィズとは違う。自分の心が、あの自殺未遂以降さまざまな事象を経て変わったように、ハーフィズの気持ちも変化したのかもしれない。

瑞紀は自分が眠っている間に、何がどうなったのかを尋ねた。

組織の男たちとダーギルは現在投獄され裁判を待っているが、厳罰主義のこの国では人身売買は重罪だ。二度と日の目を見ることはないとハーフィズは語った。

「余罪もいろいろあるようだし、一番軽い刑の者でも終身刑は間違いない。ほとんどは縛り首か銃殺だ。祖父の時代なら首を切って広場に晒したはず……ああ。すまない」

瑞紀がスプーンを置き口元を押さえたのを見て、ハーフィズは話をやめた。

「大丈夫か？」

「うん……もういいよ。かなり食べたから」

ベルを鳴らすとムウニスがワゴンを押して入ってきた。

「ミズキ様、お帰りなさい。ご無事で本当によかったです。殿下に勝手に打ち明けたこと、許してください。でも……」

「いいんだよ。ムウニスがそうしてくれたおかげで僕は助かったんだ。ありがとう。心配をかけたね」

食器を片づけるムウニスに微笑みかけると、向かい側のソファに座っていたハーフィズが、むっとしたように眉を吊り上げ、口を挟む。

「片づけたら下がっていいぞ、ムウニス。私は瑞紀と話がある。呼ぶまでは誰も近づけないように」

あからさますぎる追い払い方に、瑞紀は少しあきれた。だが考えてみれば、このあと残っている話題は他聞をはばかるものだ。

ムウニスが去ったあとで、瑞紀はおそるおそる尋ねた。

「……サリームは？」

「あれでも王族なので、他の犯罪者と同列に扱うわけにはいかないそうだ。王宮の地下室に監禁してある。だが人身売買に加わったことに変わりはない。私は厳罰を主張するつもりでいる」

不機嫌を隠そうともしないハーフィズの口調にためらいながらも、瑞紀は口を開いた。

「サリームをあまり責めないでほしい」

「なぜかばう？　あの愚か者のためにお前は組織の連中に辱めを受けた。許せるものか」

「でもサリームも同じ目に遭った」

「自分が招いたことだ。サリームはこの国の法に照らし合わせて処断を決める。あれは性根の腐った犯罪者だ」

瑞紀は目を伏せた。

吐き捨てるように言うハーフィズは、サリームの行動が嫉妬心によるものだと気づいているのだろうか。

自分はハーフィズに助けられ、その広い胸に抱きしめてもらった。今もこうしていたわられている。だがサリームは思いもよらない裏切りと強姦のあと、唯一の味方だったはずの兄に激しい罵倒を受け、殴りつけられ、罪人のように引きずられていった。

サリームを好きではない。ただ、可哀相だとは思う。

自分にかばわれるのはサリームにとってむしろ不本意だろうと思いながらも、言わずにはいられなかった。

「僕に口出しする権利はないけど、できることならサリームにゆっくり考える時間を与えてあげてほしいんだ。まだ子供で、考えが浅かっただけだと思う」

「このお人好しめ」

瑞紀は苦笑し、軽く首を振った。

「そんなに優しい性格じゃないよ、僕は。卑怯で利己的な面だって持ってる。一度はサリームを見捨てて、自分一人で逃げることも考えた。……僕が彼をいたわる気になれるのは、今こうして君のそばにいられるからだ。もうだめかもしれないと思っていたのに、君が助けに来てくれた。君の声を聞いた瞬間、どんなに安心したか」

「安心だけか？」

真面目な声で問われた。

「あの時お前は、自分がそばにいてはならないとは言ったが、私を愛していないとは言わなかったな。嫌ってはいないとも……つまりお前は、私をどう思っているんだ？」

瑞紀はうつむいた。

「……君は第一王子だ。結婚して、跡継ぎの子供を作ることが必要だ」

「答えになっていないぞ。顔を上げろ、瑞紀。私の目を見て言え。どうなんだ」

瑞紀は視線を上げないまま首を横に振った。ハーフィズの瞳を見たら、きっと嘘はつけない。内心を正直に吐露してしまう。

黙っている瑞紀に焦れたのか、ハーフィズは立ち上がった。テーブルの横を回って瑞紀の隣に腰を下ろす。逃げるわけにもいかずに身をこわばらせている瑞紀の顎に手をかけ、自分の方を向かせて再度問いかけてきた。

「余計なことは言うな、一言で答えろ。私が好きか、瑞紀」

「……っ……」

吐息がかかるほど間近で見つめられる。漆黒の瞳は夜空の色にも似て深く澄み渡り、吸い込まれてしまいそうだ。

もう抵抗できなかった。唇から勝手に本心がこぼれた。

「好き、だ」

彼を愛している――その気持ちに嘘はない。

けれどもハーフィズの立場を考えれば、無心に愛だの恋だのといった感情に身を任せるわけにはいかないのだ。

「君が好きなのは本当だ。いつのまにか、好きになっていた。狂ったふりをしていた時に、君が僕のことをどう思っていたかを知って、騙したことを本当に後悔した」

「だったら……」

「だからこそ僕はここにはいられない。君はこの国の王子じゃないか。将来王位を継いで、王妃にふさわしい女性と結婚して、跡継ぎを作らなくてはならないだろう？」

「それがどうした」

「別れるのは、君のためだけじゃなく僕のためでもあるんだ。……僕は心が狭いみたいだ。君が他の女性と一緒にいることを想像しただけでも、苦しくなる。多分、嫉妬しているんだ。この国にいても、分を心得て正妻から一歩下がった位置を守るような、賢い愛人にはなれそうにない」

「一人で完結するな、瑞紀」

決別覚悟で告げた途端に、力強く抱きしめられた。耳元に、優しい声を吹き込まれる。

「賢い愛人になる必要はない。私は結婚などしないぞ」

「だけど」

「私には弟が五人……いや、四人もいる。王位など、そのうちの誰かに譲ればすむことだ。特にすぐ下の弟、マスウードはおとなしいが芯《しん》が強い。派手な外交政治には向かなくとも、内政を固めるのには向いた性格だと前から思っていた」

弟を早くから政治に関わらせて経験を積ませ、何年もかけて充分に足場を固めたら、自分は王位を譲って引退する――そうハーフィズは囁いた。

「日本には院政というのがあっただろう？　あんなふうに私は後見として反対派ににらみを利かせてもいいし、弟が私を煙たがるようになれば、他国へ去ろう」

「そんなこと、できるわけ……」

「できる。私のそばにいろ、瑞紀。ずっと一緒に暮らすんだ」

堂々と言いきったハーフィズの声が、瑞紀の脳を甘くしびれさせた。衣服を通して伝わる鼓動に、自分の心音が同調していく気がする。

ハーフィズの肩に顔を伏せたまま、瑞紀は呻いた。

「最初はただ、日本へ帰りたい、君なんか嫌いだと思ってた」

「瑞紀」

「でも徐々に気持ちが変わった。好きになったあとは、好きだからこそ君の将来を妨げないよう、離れなくちゃいけないと思っていたのに……君の方からずっと一緒にいようなんて言われたら、もう……」

拒めるわけはない。

ハーフィズは抱きしめていた腕を外し、瑞紀の顎をとらえて仰向かせた。

眼鏡を奪い取られても、瑞紀は拒まなかった。顔が重なった時は自ら歯を割り舌を伸ばして、ハーフィズの唇を探った。

舌がからむ。唾液が混じり合う。ハーフィズの舌は自分のよりも熱い。

「ん、んっ……ぅ……」

瑞紀としては積極的に舌を使ったつもりだったが、すぐ主導権を奪い返され、口腔内に侵入された。熱さも、上口蓋や頬の内側を巧みにくすぐる動きも、体が覚えている。快感に体が何度も震え、のけぞった。

ハーフィズが唇を離した。唾液が一筋、糸を引いた。

「ぁ、ふっ……」

「初めてだな。瑞紀の方から、こうして私を求めてくるのは」

ハーフィズの声が嬉しそうだ。顔だけでなく、耳まで熱くなった。

「そう、かも、しれない……」

「かもじゃない。事実だ」

断言してハーフィズが首筋に口づけを落とす。両手は静かに、しかし素早く動いて、瑞紀の服のボタンを外し始めていた。

「薬で理性を溶かしてしまった時だけだった。それ以外の時は、私のことなど眼中にないという顔をして……はっきり意識のある瑞紀が、私を求めてくるのは初めてだ」

「求めてはだめだと、思ってた。でも……忘れさせてくれるって言っただろう?」

何を、とは言わなくても通じたようだ。

「消してやる。瑞紀は私のものだ。……私だけのものだ」

熱っぽい声で囁き、ハーフィズは瑞紀の長衣を剝ぎ取ってベッドに押し倒した。

ズボンや下着を脱がされる間に、なんとなくうつぶせになってしまった瑞紀の背中へ、ハーフィズが唇を這わせる。

「あっ、ぁ……待っ……！」

肩胛骨《けんこうこつ》の内側をなぞり上げる舌の感触に、瑞紀は身を縮めて悲鳴をこぼした。

「どうした、瑞紀？」

笑いを含んだ問いかけは、自分の舌がどんな感覚を与えているか、よくわかっていてのことに違いなかった。

「どうって、こんな、の……今まで、と、違……あ、あぁっ！　くっ……!!」

今までのハーフィズとは違う。瑞紀を屈服させるためではなく、互いにより深い快感へと行き着くためのような、甘く優しい愛撫だ。

だから一層、感じてしまう。

上から下へ逆に舐め下ろして瑞紀の背筋をざわつかせたあと、ハーフィズは脇腹へ舌を移動させた。

「くっ……ん、うぅっ！」

口をつぐもうとしているのに、快感に耐えきれず喘ぎが漏れる。

くすぐったくて熱くて――気持ちいい。舐められているのは脇腹なのに、そこだけではなく腰骨から下腹部、さらには腿の裏にまで電流のような快感が走り抜ける。

だが、物足りない。もっともっと敏感な場所へ、触れてほしい。それなのにハーフィズの手は、焦らすかのように腿の外側や尻の側面を、ごく軽く撫で回すだけだった。内側へは触れてこようとしない。

「あっ……もう、ハー、フィ……」

「こっちを向け、瑞紀」

体を反転させられた。

乳首に一瞬舌先が触れただけで、すぐ離れていく。乳暈《にゅううん》の周囲を軽く吸われ、舐め上げられたが、そこから中心へは近づいてこない。

瑞紀の脚には、ハーフィズの屹立が触れているのに——自分を抱くにはもう充分すぎるほどの熱を帯びているのに。

「あっ、ぁ……頼む、焦らさないで、くれ……ずるい……」

こらえきれなくなり、瑞紀は頭を起こして懇願した。顔を上げたハーフィズがにやりと笑う。

「焦らしたのはどっちだ。初めて会った時から、お前がそう言うのを聞くまで、私が何日待ったと思っている?」

「ま、待ってないじゃないかっ……!!」

拒否も抵抗も無視して強引に抱いたくせに、『焦らした』と言われるのは心外だ。

だがハーフィズは顔から笑いを消し、瞳に翳《かげ》を走らせて呟いた。

「待っていた。お前は私を好きだと言わなかっただろう? ずっと……待っていたんだ」

寂しさがにじむ声音に、瑞紀の胸が詰まった。心のない交わりに虚しさを感じていたのは、ハーフィズも同じだったのか。

「……取り戻せるよ」

ハーフィズの背に腕を回し、瑞紀は言った。

互いの心が変わった。ハーフィズは力で自分を支配しようとするのをやめ、自分はハーフィズの心を理解しようと努めた。わかり合った。愛し合える。

「僕は、君が好きだ」

そう告げると、ハーフィズの喉がクッと小さな音をたてた。

次の瞬間、噛みつくような激しいキスを仕掛けられた。

舌をからませて応えつつ、瑞紀はハーフィズにしがみついた。互いの昂ぶりがこすれ合う。腿や腰に触れる濡れた感触が、興奮を煽った。

顔を離したハーフィズが、瑞紀の唇に人差し指を当てた。何を求められているのか察して、瑞紀は舌を伸ばし、舐めた。中指や薬指にも舌をからませ、すっぽりと口に含んでしゃぶる。

唾液を塗りつけている間に、片脚をつかまれ、立てさせられた。

指が唇から離れた。

「うっ……」

瑞紀は呻いた。

自分自身の唾液に濡れたハーフィズの指が、後孔へ押し入ってくる。

思わず力が入り、背中に爪を立ててしまったが、ハーフィズに躊躇する様子はなかった。

なおも指を差し入れ、後孔をほぐし続ける。

前立腺の裏を押された瞬間、瑞紀の体を電流が走った。

「あ、はぁっ！　やっ、そこ……そこは……く、ふぅっ!!」

押されるたびにのけぞる瑞紀の胸に顔を伏せて、ハーフィズは舌と歯を使い胸の突起を弄び始めた。

甘嚙みされ、舌先で転がされると、もうこらえようがなかった。

「ハーフィズっ……早、く……!!」

瑞紀はうわずる声で訴えた。

熱くほてった体が、より深い快感を求めている。そしてようやく本当の思いに気づいた心が、一つになることを望んでいる。

ハーフィズが体を起こした。瑞紀の腰を抱え上げ両脚を開かせて、間に自分の体を割り込ませる。ベッドの上で両膝をついたハーフィズの腿の上に、瑞紀が大きく腿を開いて腰を乗せた格好だ。

「あ……」

完全に勃ち上がり雫をしたたらせる自分自身が丸見えだった。恥ずかしくて目を閉じた時、瑞紀の後孔に、熱く濡れた牡の先端が触れた。

「く……あああぁっ！」

押し入ってくる。指での前戯とは比べ物にならない圧迫感と——そして快感。

ハーフィズは、ゆっくりと奥深くへ侵入してきた。そのまま焦らすようなゆるやかさで動く。前立腺の裏を無視して深い場所だけを突いてくるのは、わざとだろうか。

「あっ、あ、ぁ……やぁ……」

喘ぐ瑞紀の腰から片手を離し、ハーフィズは腿や脇を撫で、乳首をつまんで弄び始めた。

「気持ちいいか、瑞紀？　それとも、もっとしてほしいことがあるか？」

息づかいは荒いが、問いかけてくる声音にはまだ余裕があった。逆に瑞紀は、返事さえできなかった。

気持ちいい。だが足りない。自分の体を愛撫するハーフィズの手も、貫いた屹立も、体を溶かすぎりぎり一歩手前で快感を与えるのを止めているかのようだ。

焦らされている。

瑞紀自身は硬く勃ち上がり、とめどなく蜜をしたたらせているのに、ハーフィズは、そこにだけは触れようとしない。

「んっ……ぅ……」

自分自身の手でしごきたいが、それはあまりに淫らな気がする。こらえようと、シーツを握りしめた。

けれどその手は一回り大きな手に上からつかまれ、引き剝がされた。

「握りたいのはそこじゃないだろう、瑞紀？」

「あっ、ぁ……や、やめ……」

導かれて自分自身にあてがわれた。

「そんなにびくびく震えて……しごきたいんじゃないのか?」

「いや、だ……恥ずか、し……」

「自分でしごくんだ。私に抱かれて、どれほど感じているのか見せてみろ。ほら、こうして手を持っていてやる」

誘うような甘い声で囁かれ、つかんだ手を屹立に当てて動かされた瞬間、理性がはじけ飛んだ。もう我慢ができない。強くこすりたてたい。快感がほしい。

「あっ、ぁ、あ……!!」

一際高い喘ぎ声がこぼれた。手が勝手に動いてしまう。

ハーフィズが上から包み込むように手を添えているせいで、まるで彼の手で触れられ、弄ばれているかのような錯覚を生み出す。その一方で、我慢しきれずに自分自身で触っているのがはしたないという意識も、残っている。

羞恥が官能を煽るスパイスになる。

それを見澄ましたようにハーフィズが、単調でゆるやかだった腰の動きを変えた。緩急をつけ、瑞紀の敏感な場所を集中的に責めてきた。

「あうぅっ! やっ……待ってくれ、そこ……くうっ! あぁっ、ん……!!」

「待ってじゃないだろう、瑞紀。……気持ちいいと、言え。自分で、こすらずにはいられないほど、感じていると……」

ハーフィズの言葉が官能を煽る。合間に聞こえる荒い息づかいに、彼もまた感じているのだと——自分の体で快感を得ているのだと知らされて、どうしようもなく興奮した。

「気持ち、いい……すごく、いい……ハー、フィ……あっ、あ、はぅっ！」

背中をシーツにこすりつけ、瑞紀はハーフィズの突き上げに合わせて自分から腰を使った。手は夢中で自分自身をこすり立てている。

あふれ出す蜜液と汗のにおいが混じり合い、鼻孔を刺激する。鼓膜を震わせるのは自分の喘ぎ声とハーフィズの息遣いと、そして、濡れた肉がこすれ合う限りなく淫らな音だ。

やがて、

「くっ……瑞、紀っ……‼」

自分の名を呼ぶ声と一緒に、体内に熱い液体が迸るのを感じた。

同時に、瑞紀自身も白濁を噴き上げていた。自分の指による快感というよりは、上から包み込んだハーフィズの手でいかされたような感覚だった。

「ふ、ぅ……っ」

深く息を吐いた時、自分を貫いたままの牡がひくっと動くのを感じた。また硬さと大きさを取り戻し始めている。

「瑞紀。このまま……」

続けてもいいかと言うつもりだろう。瑞紀は微笑んで頷いた。ハーフィズが自分に覆いかぶさり、頬や喉に口づけの雨を降らせた。

――そうして、何度交わっただろうか。

快感のあまりいつのまにか気を失ったらしく、意識を取り戻した時には瑞紀は、広い胸にもたれて湯に浸かっていた。

「ハーフィズ……?」

「気がついたか」

背後から瑞紀を支えたままハーフィズが微笑む。悠然として満ち足りた笑みは、今まで瑞紀が見たことのないものだった。

「四度目のあとで瑞紀は気を失ったんだ。脈も呼吸もしっかりしていたし表情が気持ちよさそうだったから、医者は呼ばなかった」

「あ、当たり前だ！」

考えただけで羞恥に顔が熱くなる。だが叫んだあとで、瑞紀は思い出した。

以前自分はハーフィズに力ずくで抱かれ、性器を紐で縛られて、目を開けたまま気絶したらしい。あの時ハーフィズは、自分が死んだかと思ってかなり慌てたようだ。

あの出来事が二人の関係を変えるきっかけになったのは確かだが――いちいち医者を呼ばれてはたまったものではない。

(でも普通は男の方が気を失うなんてこと、めったにないんだっけ……)

男同士の行為では女役を引き受けた方がより深い快感を感じてしまうのか、それとも自分の体質が特別なのか。どちらであっても、気恥ずかしい。ハーフィズが医者を呼ばなくてよかったと、心から思う。

なにしろハーフィズときたら、行為の途中で召使いを呼んで香油を持ってこさせるような真似を平気でするのだ。まして後始末となると――。

（……あれ？　誰もいない？）

気がついて瑞紀は周囲を見回した。広い浴室には、自分とハーフィズだけのようだ。

「君が、運んでくれたのか？　僕はどのくらい気絶してたんだ……？」

「ほんの数分だ。ここへ運んで、まず体を温めようと思って、湯に浸かったばかりだった。

瑞紀は召使いに後始末をされるのが嫌いだから私が運んだ」

「あ、当たり前だ……こんなことの後始末を、他人にさせるなんて……」

「私にとってはそれが普通だ。いや、普通だった」

「……っ！」

ハーフィズの指が、瑞紀の恥ずかしい場所に触れてきた。

まだ体に力が入らないうえ、もう片方の手でしっかり抱きすくめられていて、逃げ出せない。抵抗しようとしてしきれず、いたずらに身をよじりつつ瑞紀は呻いた。

「何をする、ハーフ……あぁっ！　よ、よせったら！　そこは……んっ!!」

抗議には素知らぬ顔で、ハーフィズは広い胸に瑞紀をもたれさせて体を支え、後孔へなお深く指を沈めてくる。

「誰と寝たあとでも、自分自身の後始末は召使い任せだったし、相手の後始末をしてやろうなどという気は起きなかった。……不思議だな。今は瑞紀を他人に触れさせたくないし、見せるのもいやだ。おかげで全部私がしなくてはならない。厄介なことだ」

言葉の内容とは裏腹に楽しそうな口調で言いながら、ハーフィズは残滓をゆっくりとかき出した。わざとか偶然か、指は何度も瑞紀の中の敏感な場所をこすった。

「くっ……やめて、くれ……湯が、汚れ……」

「慎ましいにもほどがあるぞ、瑞紀。この国で水がいくら貴重とはいえ、私が過去の愛人に与えた宝石や土地の価格に比べれば、ずっとささやかだ」

「そういう問題じゃ……あっ、ぁ……」

「何が問題だ？　新しい湯はいくらでも出てくる。今はおとなしく私に任せておけ。綺麗にしてやる。ここも……ここもだ。瑞紀の何もかもを私の手で洗い清めてやろう」

前にも触れられた。洗っているのか弄っているのか、判断のつきにくい触れ方だ。再び瑞紀の体がほてり始めた。こぼれる喘ぎ声を止められない。

「はぁ……っ……ん、んっ……」

「お前には召使いどころか、猫、馬、ラクダ……とにかく私以外の生き物は一切近づけたくないんだ。だから瑞紀、通りすがりの猫を撫でるな。ムウニスやカシムにいい顔をするな。片っ端から投獄したくなる。助け出したあと意識のないお前を医者が診ている時、私はずっとそばについて見張っていた。お前の体を好き放題に触っている医者を、窓から放り出したくてたまらなかった。苦労したぞ、その気持ちを抑えるのに」

「そんな無茶な……向こうだって、仕事で……うぅっ！」

「無理を言っているのは自分でもわかっている。実行すればお前が嘆くことも。だから我慢しているんだ。それでも私はお前を独占したい。他の者には見せたくもない。……瑞紀、私を最優先しろ。他の連中と五分話したら、私とは一時間話せ。他の者と視線を合わせるなら、私には口づけをよこすんだ。そうすれば我慢してやる」

無茶苦茶だ。

瑞紀の気持ちを思いやってくれるようにはなったが、今度は独占欲と嫉妬が前面に押し出されてきた。これでは結局、待遇面では以前とあまり変わらないのではなかろうか。

だが瑞紀に、反論する余裕はなかった。

ハーフィズの指が自分の中で巧みに動き、前立腺の裏を刺激し続けている。どう考えても後始末のための指使いではない。

「あっ、あ……ハー、フィズ……もういい。もう、そこは、やめ……くうぅっ！」

一度は静まりかけたはずの官能に、再び火がつき、燃え上がる。ハーフィズの言葉どおりなら自分はすでに四回も達しているはずだが、こうして抱きしめられて愛撫される間に、自分ではどうしようもないほど感じてしまっている。

「頼む、もう許し……あうっ！　や、やめてくれ……体が、変に、なっ……!!」

体も心も快感に崩されて、おかしくなる。全身が溶けそうだ。

「心配するな。どんなふうになっても、私が責任を取って介抱してやる」

「ひぁっ……あっ、あぁっ！」

耳に心地よい響きを持った声と、吐息の熱さが、新たな快感を呼び起こす。

霞んだ意識の中で、ハーフィズの視線を感じた。背後から抱きすくめられる格好だから、見えるはずはないけれど、肌に伝わってきた。初めて会った時と同じ、射抜くように力強く、砂漠の太陽にも似て熱く、激しい。

けれど今自分を見つめる視線には、慈しむような優しさも混じっている。

単なる所有欲や征服欲ではなく——。

「僕も、愛しているよ……ハーフィズ」

言葉になったかどうかわからない。瑞紀は力を抜いて、恋人の胸に身をゆだねた。


再び目を覚ました時には、自室のベッドにハーフィズと寄り添って寝ていた。

衣服をまとっていないのは、多分召使いを呼ばずにハーフィズ自身が自分を浴室からここへ運んでくれたせいだろう。体を拭くところまではともかく、そのあと服を着せたり髪を整えたりするのが面倒くさくなったのに違いない。

ハーフィズも裸のままだし、癖のある漆黒の髪はばさばさだ。こんなふうに眠っていると、十九歳という年相応の子供っぽさが垣間見《かいまみ》えて、ちょっと可愛い。

身じろぎしたのが伝わったか、ハーフィズが目を開けた。

「起きたのか、瑞紀。……大丈夫か？　疲れていないか？」

「うん。君は？」

「喉が渇いた。何か持ってこさせよう」

身を起こして召使いを呼ぼうとしたのだろうが、ふと隣の瑞紀を見て眉を吊り上げ、体をシーツでぎゅうぎゅうとくるみ込んだ。

「ち、ちょっと……」

「私は召使いに見られようと世話をされようと恥ずかしくないし気にもしないが、お前は他の誰にも見せたくない」

瑞紀自身が召使いに見られたいわけではないから構わないが、すべてにおいてこの調子だと先々が心配だ。ハーフィズは嫉妬深い性格なのかもしれない。

こんなことで、今自分の考えている頼みを聞いてもらえるだろうか。

（いや、これだけはきっちり解決しておかないと……）

二人分の甘いお茶を運んできたムウニスが去ったあと、瑞紀は話を切り出した。

「頼みがあるんだ」

「改まって、なんだ？　瑞紀がほしい物なら、なんでも手に入れてやる」

笑顔で言ったあと、ハーフィズは急に表情を引き締めた。

「別れたいという願いだけは、承知しないからな」

「そんなつもりはないよ。ただ、いったん日本へ戻らせてくれ」

ハーフィズは不満そうに口を曲げた。

「言ったはずだ。別れないと」

「別れたいんじゃない。一度帰国したいというだけなんだ」

自分がハーフィズを愛していることに気づき、愛されていることを知って満ち足りたが、それでもこの一点だけは解決しなければならないと瑞紀は思っていた。放置したままでは決して本当に幸福にはなれない。

「家族や勤め先や友達はみんな、僕が轢き逃げ事故のあと行方不明になったと思って心配してるはずだ。このままにはしておけない。僕が無事に生きてるってことを教えて、安心してもらわなきゃ。そのあとで」

ハーフィズの眼を見つめて、瑞紀は言葉を継いだ。

「この国へ来る。ちゃんと帰ってくるよ。君のところへ。……僕は公衆衛生学講座の研究員だった。研究論文のテーマにしてたのは子供の生活習慣病だ。きっとこの国でも重要な問題だと思う。研究を進めるうえで、大学の講座と連絡をつけておくのは決して無駄にはならない」

「……研究などしなくてもいいだろう。私のそばにいるだけではだめなのか」

「だめだよ」

瑞紀はしっかりと首を左右に振った。

「僕は一人の人間として君と対等でいたい。君の役に立ちたいけれど、それは愛玩動物としてじゃない。君が国王としてのプライドを持っているのと同じように、僕にも社会人として、男としての誇りがあるんだよ」

しばし黙って瑞紀を見下ろしていたあと、ハーフィズはまだ疑いの抜けきらない声で尋ねてきた。

「本当に、またこの国へ来るんだな？」

「来るんじゃなくて、戻ってくる。君のところへ。君が僕を必要としてくれる限りは」

言い終わらないうちに抱きしめられた。

「必要に決まっているだろう……!!」

ハーフィズの声と吐息が耳に当たる。初めて聞いた時から響きがいいと感じ、惹かれていた声だ。

「戻ってこい。できるだけ早く戻ってこい。……そのあとは、二度と離さない」

胸がいっぱいになって言葉が出てこず、瑞紀はただハーフィズの背に腕を回し、強く抱きしめ返した。

——翌日、瑞紀は王室専用機を使わせてもらい、日本へ旅立った。政務が忙しいからと、ハーフィズは見送りに来なかった。

帰国したあとはめまぐるしい日々が待っていた。

一時的な記憶喪失になっていたという昼メロめいた言い訳が通ったのは、ナファド王国の後押しにより、外務省かどこかから警察に話が通っていたのかもしれない。

家族や友人は瑞紀が無事戻ったことに狂喜したが、その一方で、単なる轢き逃げ以上の事件に巻き込まれていたのではという疑いも持ったらしい。瑞紀が日本の大学を辞め、ナファドなどという日本では誰も知らないような中東の王国へ移住すると言い出したから、なおさらだ。

それでも瑞紀は粘り強く説得を続けた。

周囲に自分の主張を認めさせ——家族や友人が根負けするまで粘ったというべきか——瑞紀が日本を発《た》ったのは、帰国してから一ヶ月以上過ぎたあとのことだった。

「お呼び出しを申し上げます。……に、ご搭乗予定の、ミズキ・アメノミヤ様。ミズキ・アメノミヤ様……」

空港の片隅で雑誌をめくっていた瑞紀は、自分を呼ぶ英語アナウンスに顔を上げた。指定された搭乗口へ行って告げられたのは、国際電話がかかっているという知らせだ。

(まさか……)

日本からナファド王国への直行便はない。いったんドバイへ飛んでからナファド王国行きの便に乗り継ぐことにして、飛行機の予約を取っていた。

今日の便だとは知らせていなかったのにという思いと、いや、彼ならきっとそのくらいのことは突き止めるという予感が、心の中で交錯する。鼓動が速くなるのを感じながら搭乗手続きカウンターの電話を取り、瑞紀は待った。通話がつながった気配を知って、呼びかけた。

「ハロー?」

「何がハローだ。今日の便で戻るなら、なぜそう連絡してこない?」

不機嫌そのものの――けれど、瑞紀には誰よりも懐かしい、愛おしい声が耳に飛び込んでくる。偉そうな言い方でさえも微笑ましい。国民にはよい君主として接しようと努める彼が、唯一自分にだけは心を許してむき出しの感情をぶつけてくるという証拠だからだ。

「ハーフィズ……」

名を口にすると、一層愛おしくなる。瑞紀は微笑を含んだ声で話しかけた。

「連絡したら、きっと君は迎えに来るって言うと思ったんだ。仕事が忙しいんだろう? 邪魔をするわけにはいかないよ」

「私に出迎えてほしくないのか、瑞紀は」

「そんなわけないじゃないか。でも」

瑞紀は腕時計を確かめて、言葉を継いだ。

「あと四時間ほどでナファドに着くから……そうしたら、今度はずっと君のそばにいる。だからもう少し待っててくれ」

「待てない」

最後の言葉は受話器を通してではなく、すぐ真後ろから直接聞こえた。振り向いた瑞紀の目に映ったのは、携帯電話を手にした精悍な美青年の姿だ。浅黒い肌に白い長衣と頭布がよく映える。

「……ハーフィズ……」

「乗り継ぐ予定だった飛行機は、航空会社に連絡してキャンセルした。お前は私と一緒に専用機でナファドへ戻るんだ。いいな?」

またわがままなことを――と思いながらも、勝手に笑みがこぼれてきた。

自分がナファドへ戻る日を待って、航空会社の乗客名簿をチェックしていたのだろう。今日の便で、乗り継ぎがドバイだと知り、出迎えに来たのに違いない。それだけならともかく、わざわざ空港の放送で呼び出させて、電話中に突然後ろへ現れるなど、行動が妙なところで子供っぽい。

すぐに返事をしなかったせいか、ハーフィズの瞳に苛立ちの色が現れた。そしてそれは、すぐに困惑に変わる。

「いやなのか? また私が勝手な真似をしたと、怒っているのか?」

「勝手だとは思うけど、怒ってないよ。……少しでも早く会いたかったのは僕も同じだ」

言葉にして、自覚した。

そうだ、自分は早くハーフィズに会いたかったのだ。二十七歳まで生きてきた日本、大事な家族や友人など、自分が慣れ親しんできたものすべてと遠く離れても、ハーフィズのもとへ戻りたかった。

「約束どおり、帰ってきたよ。これからはずっと一緒にいる」

そう告げた途端に、抱きしめられた。

「ち、ちょっと……」

一国の王子が人前で堂々と男を抱きしめたりしていいのかと慌てたが、ここは空港だ。再会や別れの挨拶にハグやキスをするのは当たり前のことで、周囲に視線を走らせてみても、抱き合っている自分たちに好奇の目を向ける者はいないように思える。

それにハーフィズの腕の中は——一ヶ月の空白を経てたどり着いた場所は、心地よい。

「お前が日本へ行っている間、私も父上と話して、了承してもらった。結婚しない代わりに、私の持つ能力のすべてはナファドをよりよい国にするため捧げ、そののちに王位を弟に譲ると。……お前を遠ざけようとする者はもう、誰もいない」

「ハーフィズ……」

「ずっと、お前と一緒だ」

瑞紀は目を閉じた。幸せすぎて、眩暈《めまい》がしそうだ。

「……航空、745便にご搭乗のお客様……」

瑞紀が乗るはずだった飛行機の搭乗開始を知らせるアナウンスが、スピーカーから流れ出す。長椅子に座っていた乗客が動き、空港内を風が流れる。

瑞紀はハーフィズの腕の中にとどまって、動かなかった。

「愛してる」

耳に聞こえた声は自分のものだったのか、それともハーフィズか。どちらでも構いはしない。瑞紀は恋人の肩に顔を埋め、背に回した腕に力を込めた。

あとがき

こんにちは。矢城米花です。読んでくださってどうもありがとうございます。

今回これを書いていて、数字の魔法にすっぽりはまりこみました。

最初に担当さんから「多少は広告で調整が利きますが、シャレード文庫の場合、原稿がこの枚数だと無駄がなくて一番いいです。次にいいのは三二枚増やして、この枚数です」と教わりました。

ところが、私が普段使っているパソコンはちょっと小さめ。文庫書式にすると文章の上から下までを一目で見ることができず、いちいち上下にスクロールしなくてはなりません。文字を小さくすれば、目が疲れます。そこで原稿用紙に合わせて一行に二〇字の書式設定で書いて、最後に文庫書式に変えて調整するようにしていたわけです。

思えばこれが間違いのもと。

書き終わった時点では、原稿用紙の書式で四〇四枚でした。『原稿用紙書式での枚数

×四〇〇÷（四一×一七）＝文庫のページ数』、つまり文庫では二三二枚のはずです。ベストの枚数だ、よしっ……と笑顔で文庫の書式に変えたら、なぜか二八六枚。次善として教えられた枚数さえも大幅超過。

思いもよらぬ事態に青ざめつつ、削って削って……ようやく今の枚数になりました。あれ以来、文庫書式に合わせて原稿を書いています。——いやー、本当に参った。いい経験になりました。

イラストの竹中せい先生、どうもありがとうございます。本ができあがって完成イラストを拝見できる日が、本当に楽しみです。そして担当S様、今回もお世話になりました。その他、この本の刊行にご尽力いただいたすべての方に、厚くお礼申し上げます。

そしてなにより読んでくださった皆様に、深く感謝いたします。少しでも楽しんでいただけたなら、これ以上の幸せはありません。

今後はやおい学園もの、触手つき人外関西弁×高校生、花嫁ものなどの予定があります。またお目にかかれることを、心から願っています。

矢城米花　拝

＊本作品は書き下ろしです

CHARADE BUNKO

砂漠《さばく》の王子《おうじ》に囚《とら》われて

[著　者]　矢城米花《やしろよねか》

[発行所]　株式会社 二見書房
東京都千代田区神田神保町1−5−10
電話　03(3219)2311[営業]
　　　03(3219)2316[編集]
振替　00170−4−2639

[印　刷]　株式会社堀内印刷所
[製　本]　ナショナル製本協同組合

落丁·乱丁本はお取り替えいたします。
定価は、カバーに表示してあります。

ISBN978−4−576−08029−1
http://charade.futami.co.jp/

CHARADE BUNKO

スタイリッシュ＆スウィートな男たちの恋満載
矢城米花の本

じゃじゃ馬慣らしは大人の楽しみの一つだからね
アラブの王子は猫科の獣
イラスト＝砂河深紅

大学生の唯は、強姦されそうになったところをナーヒドと名乗る金髪の美青年に助けられる。人懐こい性格のナーヒドに心を許した唯だが、酒に酔わされ、媚薬を使って後孔を嬲られて…。

ヤクザ×医者のアンモラルラブ
地上の竜と汚辱の白衣
イラスト＝椎名秋乃

外科医の籠宮瑛は、研修医時代に当直先で暴漢にレイプされ、対人恐怖症になってしまう。あれから七年——。瑛が担当に指名された肺がん疑いの患者、それはかつて暴行を働いた張本人・佐上竜樹だった。